Wadd Redux

Johnny Wadd e o caso do origami de pênis

KOTTER EDITORIAL

Diretor editorial: Sálvio Nienkötter
Coordenação editorial: Claudecir de Oliveira Rocha
Editor-executivo: João Lucas Dusi
Editor-assistente: Luiz Felipe Cunha
Capa e ilustrações: Rodrigo Geraldi
Design editorial: Carlos Garcia Fernandes
Produção: Joehverson Guslem Jacob
Preparação de originais e revisão: O Autor

Dados Internacionais de Catalogação na Publicação (CIP)
Angelica Ilacqua CRB-8/7057

M816j

Mora, Renzo
Johnny Wadd e o caso do origami de pênis / Renzo Mora, Rodrigo Geraldi. – 1. ed. – Curitiba : Kotter editorial, 2024.
140 p.

ISBN 978-65-5361-365-2

1. Ficção brasileira 2. Suspense 3. Humor I. Título II. Geraldi, Rodrigo

CDD B869.3

25-1028

Kotter Editorial Ltda.
Rua das Cerejeiras, 194
CEP: 82700-510 - Curitiba - PR
Tel. + 55(41) 3585-5161
www.kotter.com.br | contato@kotter.com.br

Feito o depósito legal
1ª Edição
2025

Wadd Redux

Johnny Wadd e o caso do origami de pênis

Sumário

Introdução

Wadd Redux

Quando decidi ressuscitar Johnny Wadd, o detetive noir interpretado pelo astro pornô John Holmes, imaginei que ele tivesse morrido junto com o ator, em 1988. Engano meu. Outra pessoa também havia resolvido levar Wadd para o universo das letras: ninguém menos que Bob Chinn, o criador do personagem, que publicou um livro chamado *Flesh of The Lotus* em 2013.

Como escritor, Chinn é um grande cineasta, mas a parte mais interessante do livro não é a trama (bem chatinha, por sinal), e sim a introdução (*no pun intended*), na qual o diretor conta como criou o detetive.

"O personagem Johnny Wadd foi criado por acaso há cerca de 40 anos", conta Chinn, acrescentando: "O evento ocorreu depois que um cara alto e magrelo chamado John Curtis Holmes entrou em meu escritório procurando trabalho. Naquela época, eu havia saído há pouco tempo da escola de cinema e estava trabalhando na única área que me acolheu: o ramo do cinema adulto... Os filmes eram extremamente baratos, com uma verba de US$ 750,00... Quando Holmes apareceu pedindo emprego, meu sócio, Alain Patrick, e eu trabalhávamos no segundo andar de um prédio na Western Avenue, perto do Cinema Sunset."

Chinn conta que John estava disposto a fazer qualquer trabalho no estúdio, mas que eles não precisavam de ninguém. Só então Holmes disse que também era (bem...) "ator". Alain foi então entrevistá-lo e, pouco tempo depois, entrou na sala de Chinn dizendo: "Bob, você tem que ver o pau desse cara." Chinn respondeu que essa era a última coisa que ele queria fazer, mas Alain insistiu. Imediatamente após ceder aos apelos do parceiro, Chinn percebeu que estava diante de uma estrela — ou, pelo menos, de 45 centímetros de uma estrela.

"Eu sempre quis fazer um filme com uma pegada noir, e o aparecimento de Holmes me pareceu uma ótima oportunidade para tentar. John faria um detetive com um pau enorme (no original, "*John would play a private dick with a big dick*". *Poetry is what gets lost...*).

O filme *Johnny Wadd* foi lançado sem grande alarde, mas, em breve, os donos de cinema de todo o país estavam pedindo novos filmes com Wadd.

"Ser conhecido por ter criado um detetive com um pau enorme é, no mínimo, uma distinção duvidosa – mas, ainda assim, nunca haveria um Johnny Wadd se um cara magrelo chamado John Holmes não tivesse entrado no meu escritório naquele dia, em 1970. E John Holmes não seria uma lenda sem um personagem chamado

Johnny Wadd. O nome foi, ao mesmo tempo, uma bênção e uma maldição para John. Ele o transformou em uma estrela mundial, mas, infelizmente, também o eclipsou, fazendo com que ele fosse conhecido apenas pelo nome do personagem", conclui Chinn.

Esses livros (o primeiro, *Johnny Wadd e a Música Silenciosa do Rancho Spahn*, e este atual, *Johnny Wadd e o Caso do Origamista de Pênis*) tentam dar a Wadd a legitimidade literária que Chinn nunca alcançou. Suas falas são dignas de Raymond Chandler, Dashiell Hammett e James M. Cain – entre outros –, ainda que isso ocorra porque essas falas foram integralmente plagiadas.

Como teria dito Picasso: "Artistas imitam, grandes artistas roubam" (ou pode ser que Picasso tenha roubado a frase de alguém – ninguém sabe).

Ao me apropriar das falas dos mestres do noir e do personagem de Chinn, quero trazer uma dignidade póstuma a Johnny Wadd – além de me mostrar um escritor corajoso, alheio ao desprezo dos críticos e à permanente ameaça de uma ação por *copyright infringement* que, como a espada de Dâmocles, oscila o tempo todo sobre minha cabeça.

Curiosamente, os origamistas de pênis existem de verdade: a arte do *Puppetry of the Penis* nasceu na Austrália e foi criada por Richard Sutherland e Brett Hartin. O show deles consiste em exibições da dupla que, por 50 minutos – com o auxílio luxuoso de um telão (que talvez fosse dispensável se Holmes fizesse parte da trupe) – produzem com seus órgãos imitações de windsurfistas, da Torre Eiffel, de um bumerangue e de uma tartaruga, entre outros.

Como diz a Wikipédia (que eu, assim como Michel Houellebecq, também plagio despudoradamente): "Em 1996, o comediante australiano Simon Morley criou um calendário de arte que exibia imagens em close de doze 'instalações' de pênis. O conceito foi baseado na criação de uma série de truques de festa por Morley e seu irmão mais novo, envolvendo várias contorções de sua genitália. Para comercializar os calendários, Morley desenvolveu uma apresentação ao vivo. A primeira demonstração de Morley, realizada em uma garagem em 1997, foi bem recebida pelo público e o encorajou a buscar a criação de um espetáculo no qual pudesse mostrar os truques. Morley originalmente pretendia recrutar seu irmão para atuar ao lado dele; no entanto, ele já havia se comprometido com um papel no programa de TV australiano *Neighbours*. Morley recrutou David "Friendy" Friend, um residente de Melbourne que já havia administrado uma pequena empresa de entretenimento que atendia festas de despedida de solteira, como seu parceiro de palco, e juntos desenvolveram uma rotina de comédia baseada no conceito original de Morley. O título do calendário, *Puppetry of the Penis*, serviu de inspiração para o título do espetáculo performático subsequente, que apresentava um repertório de contorções semelhantes."

Certas loucuras – definitivamente – não podem ser inventadas.

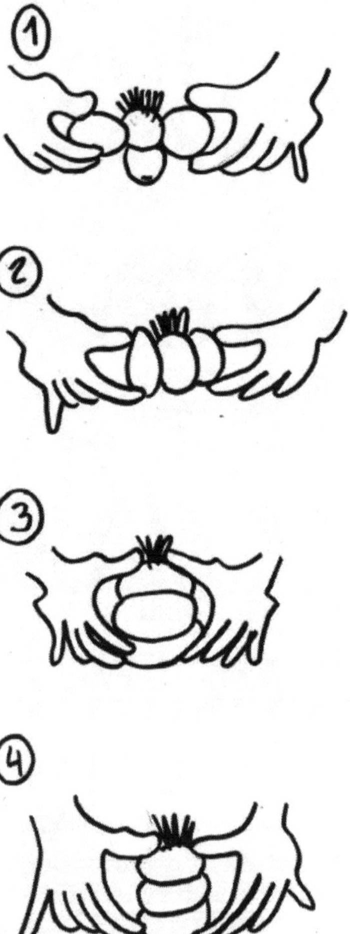
1
2
3
4

1

Torre Eiffel

"Eu gosto de arte. Mas não qualquer tipo de arte. Para mim, tem que haver um toque de magia. Sem magia, não há arte. Sem arte, não há idealismo. Sem idealismo, não há integridade. Sem integridade, não há nada além de produção", eu disse.

É estranho refletir sobre arte. Não foi para isso que a vida me preparou. Pelo contrário, ela se esforçou até o limite para me tornar um homem duro, severo, rigoroso, austero e outras *elegant variations* que estou com preguiça de procurar no *Cambridge Dictionary*, apesar de sempre trazê-lo comigo para ocasiões como essa.

Aos 12 anos, fui colocado em um internato para órfãos, levado por meu pai e minha mãe. Descobertos, eles tentaram fingir que eram fantasmas.

Meu pai, pouco versado nas questões do sobrenatural, fingiu que era o fantasma do pai de Hamlet, dizendo: "Já está perto o momento em que é forçoso que de novo me entregue às labaredas sulfúreas do tormento', enquanto balançava os braços freneticamente, em uma patética imitação do grande Lon Chaney no clássico "O Fantasma da Ópera", rodado aqui mesmo em Hollyweird em 1925.

Minha mãe, mais prática, correu.

Não funcionou e ninguém acreditou que meus pais estivessem mortos, mas o Padre Lorenzo me aceitou como uma de suas crianças.

Certa vez, ao me ver no banho, o religioso observou que eu tinha um pênis de 45 centímetros em repouso.

Ereto deve medir mais, mas geralmente tenho coisas melhores para fazer quando tenho uma ereção do que medir meu pau.

"Filho, esse membro é tanto uma bênção quanto uma maldição. Trata-o com respeito e dignidade e..." (chups, chups, chups), me disse ele.

A boca – momentaneamente ocupada – o impediu de articular com clareza o resto do pensamento.

Venho de uma história familiar complicada.

Meu avô era polonês e poderia ser um grande astro do futebol, não fosse o fato de ter entrado na seleção nacional antes da invenção da bola, o que tornava as partidas entre os times extremamente monótonas. Quer dizer, elas continuam infinitamente chatas, mas agora tem uma bolinha indo de um lado para o outro.

O nome da família originalmente era Wadja, mas o oficial de imigração na Ellis Island, quando a família migrou para os EUA, não sabia como se escrevia e anotou Wadd – o que não deixa de ser irônico quando penso em minhas particularidades anatômicas.

Meu cliente está em uma sala minimalista, velha e desgastada, com um cigarro e um copo de uísque na mão. Pôsteres esmaecidos de antigas turnês de sua trupe de artistas amarelam em molduras baratas.

Um deles se diferenciava e me chamou a atenção.

Dizia "Francisco Petrônio – Baile da Saudade".

Perguntei quem era. Não parecia um origamista de pênis tradicional.

Meu cliente era Wallace Perkins, homem alto que ostentava um estranho ar de dignidade – de alguma forma inadequado para sua profissão. Falava com vírgulas, como em um romance vitoriano.

"Quando os origamistas de pênis começaram a dar dinheiro, decidi expandir nossas atividades no ramo de entretenimento. Daí fomos buscar esse MC que agitava os hormônios do público de terceira idade no Brasil. Queríamos transportar esse fenômeno para cá. Ele era um deus na América Latina. Como aconteceu com o futebol, o frescobol e o carnaval, não rolou.

Certos fenômenos são intrinsecamente conectados com os trópicos e não sobrevivem em nossa temperatura. A adaptação do nome foi um desafio. Batizamos o evento de 'Homesickness Ball'. Não apareceu ninguém. O conceito de 'Baile da Saudade' é intraduzível para o inglês. Ele era um gigante no Brasil e ficou muito frustrado com o seu fracasso nos Estados Unidos. Esperava lotar o Carnegie Hall, o Madison Square Garden. Terminou sua turnê fazendo bailes para presidiários no Alabama. Nosso relacionamento terminou com bruscas trocas de acusações. Tentamos incorporá-lo a um show de origami de pênis para a terceira idade, mas Frank Petrônio era um conservador. Nem em casa ele mostrava o próprio pau. A situação se tornou insustentável e terminamos dando um cacete no veterano artista e o enfiamos no avião desmaiado e vestido como Lord Byron, o poeta inglês do século XIX. Ele só recuperou os sentidos no território brasileiro. Dizem que, ao retomar os bailes da saudade, ele nos citava sempre. Tipo 'esta canção de Nelson Gonçalves vai para todos vocês, de coração, menos para os filhos da puta dos origamistas de pênis dos Estados Unidos, aqueles depravados malditos'. Curiosamente, o único fenômeno brasileiro que se enraizou na cultura norte-americana foi o *Brazilian Wax*, criado aqui por brasileiras, mas adaptado à cultura norte-americana e não um mero transplante de ideias dos tópicos. Mantenho este cartaz aqui como uma espécie de *cautionary tale*. Modere suas ambições, controle seus sonhos. Francisco Petrônio é meu *memento mori*. Por outro lado, nossa arte tem um apelo universal que falta ao evento saudosista de Petrônio. Enquanto houver pênis e mãos dispostas a tocá-los, haverá público para nós."

A frase saiu meio esquisita, por isso decidi mudar de rumo "Pior para o Frank Petronius. Hollywood é maravilhosa. Quem não gosta daqui é louco ou está sóbrio" disse eu.

"Mas isso são águas passadas" retomou Perkins." Porém, voltando à arte, eu concordo com você. Arte sem alma é uma linha de montagem fordiana, na qual a produção em linha de montagem aniquila a arte." Disse ele pomposamente, como Bela Lugosi alimentando pandas em um zoológico sem calefação "A verdade da arte impede que a ciência, por exemplo, se torne desumana, e a verdade da ciência impede que a arte se torne ridícula. Por isso é importante que você entenda os primórdios de nosso ofício, embora seja quase impossível escrever uma história abrangente de nossa arte. As informações sobre a forma de arte anterior ao século XV são praticamente inexistentes. Existem muitas afirmações plausíveis sobre suas origens e história inicial, mas a maioria delas é baseada em pouca documentação sólida. Muitos estudos afirmam que o origami foi inventado pelos japoneses há cerca de mil anos, mas as suas raízes podem estar situadas na China. É também altamente provável que o processo de dobragem tenha sido aplicado a outros materiais antes da invenção do papel, pelo que as origens da dobragem recreativa podem estar no tecido ou no couro. Isso explica em parte nosso ramo, que são os origamis de pênis.

"O eterno retorno. Sempre voltamos às origens" comentei. "Eu sou um dos que insistem em crer no conceito filosófico que afirma que o tempo se repete em um loop infinito e que exatamente os mesmos eventos continuarão a ocorrer exatamente da mesma maneira, indefinidamente, por toda a eternidade."

"Fato, Wadd. Na Grécia antiga, o conceito de eterno retorno estava associado de forma mais proeminente ao estoicismo, a escola de filosofia fundada por Zenão de Cítio. Os estoicos acreditavam que o universo é periodicamente destruído e renasce, e que cada universo é exatamente igual ao anterior. Esta doutrina, entretanto, foi ferozmente refutada por autores cristãos como Santo Agostinho, que via nela uma negação fundamental do livre arbítrio e da possibilidade de salvação. Agostinho frequentemente trocava porradas com os estoicos quando os encontrava nas ruas e juntava uma multidão para ver. Era tipo o seriado Kung Fu da época, com Agostinho como um David Carradine avant la lettre, um monge disposto a espalhar a paz, a palavra, a sabedoria e umas costelas quebradas. Quando empresários perceberam o *entertainment value* destas brigas, elas passaram a ocorrer em ringues improvisados, com cobrança de ingressos. Pode estar aí também a origem do box. Mas há controvérsias. A difusão global do cristianismo, entretanto, pôs fim às teorias clássicas do eterno retorno. Mas, obviamente, o assunto não pode ser esgotado sem levar em conta as considerações de Friedrich Nietzsche. Ele apresentou brevemente a ideia como um experimento mental em "The Gay Science", um livro que enganou e decepcionou muita gente, que comprou ao obra esperando tórridos contos sobre o amor que não ousa dizer seu nome – e cujo imerecido sucesso ele a explorou mais detalhadamente em seu romance "Assim Falou Zaratustra", no qual o protagonista aprende a superar seu horror à ideia do eterno retorno. Não se sabe se Nietzsche acreditava na verdade literal do eterno retorno ou, se não acreditava, o que pretendia demonstrar com isso, até porque Nietzsche era maluco de pedra e falava com cavalos, então Nietzsche era a pior fonte para entender as porras que ele escrevia. Até os cavalos ficavam vagamente entediados com o renomado filósofo e muitos só o suportavam porque confundiam seu bigode com grama e esperavam ele se aproximar para dar uma dentada em sua cara. Mas, voltando ao origami, na Europa, a prática de dobrar guardanapos e preguear tecidos era tida em alta conta. No entanto, o papel provou ser o material ideal para dobrar e, por isso, é lógico supor que a dobragem do papel se seguiu à descoberta do processo de fabrico do papel, já que dobrar papel quando ele ainda não existia é uma tese repelida pelos estudiosos do origami. O papel foi inventado na China, e um funcionário judicial chinês, Cai Lun, tem sido tradicionalmente considerado o inventor, embora pesquisas contemporâneas sugiram que o papel foi inventado antes. No entanto, sabe-se que Cai introduziu o conceito de folhas de papel por volta do ano 105 d.C. Ao fazer papel a partir de cascas maceradas de árvores, resíduos de cânhamo, trapos velhos e redes arrastão, ele descobriu uma maneira muito superior e mais barata de criar uma superfície de escrita, em comparação com o tecido feito de seda comumente usado. Isso mostra que , desde sempre, funcionário público adora uma papelada. Ô raça... Enfim, as habilidades de fabricação de papel posteriormente migraram para a Coréia e de lá para o Japão, por meio de monges budistas, por volta de 610. Os fabricantes de papel japoneses melhoraram ainda mais a qualidade do papel, e a qualidade de seu papel teria sido adequada para dobrar, embora não exista nenhuma evidência concreta de origami exista antes 1600. Em 1680, um pequeno poema do poeta e romancista Ihara Saikaku faz referência ao origami de borboleta, revelando como a dobradura de papel estava bem enraizada na cultura japonesa naquela época."

Sou fascinado por detalhes. Coisas pequenas, que parecem insignificantes no começo da investigação, podem se revelar absolutamente inúteis quando montamos o quadro completo. "Espere um pouco. Por que alguém escreve um poema sobre um origami?", perguntei.

"Veja, Wadd", respondeu Perkins, "a obra de Ihara Saikaku foi construída em uma sociedade pré-industrial, anterior à agitação das cidades, à excitação dos grandes centros multiculturais. Sua matéria-prima eram os pequenos acontecimentos da comunidade. A voz dos ventos batendo no Monte Fuji. O sabor do arroz recém-colhido. O número de micções do imperador depois de uma refeição. A rotina dos pasteleiros nas primeiras feiras rurais. Era uma vida chata pra caralho, e sua obra revela essa chatice imensa. Faltava assunto. Quem caralhos quer ler um poema sobre um origami? Qual o editor que mantém essa merda no corpo principal da obra? Mas Saikaku era assim. Ele queria que a chatice de seu universo se transmitisse para as futuras gerações. Mas vale acrescentar que um dos primeiros livros de instruções de dobragem de papel conhecidos foi Sembazuru Orikata, de Akisato Rito, e mostrava como dobrar guindastes interligados, cortados e dobrados a partir de um quadrado de papel. O educador alemão Friedrich Froebel, inventor do jardim de infância, foi um ávido defensor da dobradura de papel e de seus benefícios educacionais. Hoje se sabe que Froebel era um farsante, que possivelmente era um zelador da escola que se fazia passar por professor, e que suas dobraduras de papel não ensinavam porra nenhuma para ninguém. Mas, antes de ser expulso da academia com desonra e ter uma de suas dobraduras inserida em seu reto, ele ajudou a espalhar a dobradura de papel em todo o mundo. Três tipos básicos de dobras estão associados a ele: as Dobras da Vida — dobras básicas que introduziram as crianças à dobradura de papel; as Dobras da Verdade — ensinando princípios básicos de geometria; e as Dobras da Beleza, dobras mais avançadas baseadas em quadrados, hexágonos e octógonos. Por ironia, exatamente a mesma que enfiaram em seu rabo, quando de sua demissão do seu jardim de infância, o que deve ter sido uma experiência, no mínimo, incômoda.

"A famosa estrela Froebel de papel dobrado e tecido, um artesanato e decoração popular de Natal, recebeu seu nome, mas provavelmente foi inventada por outra pessoa, o que mostrava que o picareta seguia enganando gente em todas as partes do mundo. Por volta de 1880, essas dobras froebelianas foram introduzidas no Japão e nas escolas japonesas, e foi nessa época que a palavra origami começou a ser usada para descrever as dobras recreativas. As contribuições alemãs para a dobragem de papel continuaram com a primeira escola Waldorf, de Rudolf Steiner, em Stuttgart, Alemanha, que enfatizou diversas atividades práticas, incluindo origami, e com a escola de design Bauhaus. A Bauhaus usou a dobradura de papel como meio de treinar estudantes em design comercial, e o reverenciado professor e artista da Bauhaus, Josef Albers, era especialmente adepto da criação de estruturas em forma de cúpula a partir de folhas planas de papel — sendo o maior incentivador das bolinhas de papel arremessadas no lixo, quando ele fazia algum projeto que dava errado. Muitos julgam Albers mais um jogador de basquete do que um revolucionário das formas. Albers errava muitos de seus arremessos de projetos reprovados, o que o tornou alvo da ira do sindicato dos lixeiros e limpadores de escritório. É possível que ele tenha sido assassinado por ordem do sindicato da ordem, tipo um Jimmy Hoffa metido a desenhista de formas retas e minimalistas. Seu corpo, assim como o de Hoffa, pode estar cimentado no Yankee Stadium — cujas formas, ironicamente, contradizem todos os preceitos da arquitetura Bauhaus... Mas, o origami de pênis.

"O origami de pênis começa no Japão, no século XII, resgatando as origens, com o origami de couro. Ele nasce quase que por acidente.

Com a grande crise de celulose de 1927 e a consequente falta de papel, os origamistas se viram subitamente sem material de trabalho. O pouco papel em estoque foi dirigido para as fábricas de papel higiênico do filho do imperador, um industrial corrupto, mas com conexões em altos escalões. A reciclagem do papel usado esbarrava em leis sanitárias, que foram endurecidas no período para tornar a indústria ainda mais rica. Para os origamistas evitarem demissões em massa, eles tentaram fazer origamis com pedras, que eram abundantes nos jardins japoneses. Falhou. Alguma coisa relacionada com a resiliência do material. Depois, com carpas, mas elas ficavam se contorcendo até a morte, e isso prejudicava as dobras. Desesperados, eles passaram a usar partes do corpo. O nariz, as orelhas, os braços e pernas. O resultado foi uma série de contusões, torções e fraturas. Até que um sábio descobriu que podia usar o próprio pênis para fazer o dragão imperial dourado, que serviu de modelo para o Godzilla no filme *Gojira*, de 1954, da Toho Film Company Ltd. A tradição foi interrompida com a subida ao poder do Imperador Hirito, em

1797, o minúsculo, que tinha um pau ridiculamente pequeno e sentia inveja dos origamistas. Os origamistas fugiram para as cavernas escuras de Tóquio, o que prejudicou profundamente a arte, já que ninguém conseguia ver os próprios pênis. Houve casos de quem fizesse origamis nos pênis dos companheiros, alegando engano em razão da escuridão. Aliás, essa foi a origem dos dark rooms das boates dos anos 1970. Mesmo perseguida, a arte do origami de pênis chegou aos nossos dias e se combinou com a tradição ocidental, usando novas referências iconográficas, como o hambúrguer, que muitos alegam ser uma mera imitação do sushi de salmão. Somos poucos, porém orgulhosos praticantes desta arte, que enfrentou o moralismo dos calvinistas, perseguições por indecência e o risco de impotência trazido pela torção testicular, que, como você sabe, é uma emergência médica causada pela rotação dos testículos e o consequente estrangulamento de seu suprimento sanguíneo. Os sintomas incluem dor escrotal aguda e edema, náuseas e vômitos. A análise baseia-se no exame físico e é confirmada por Doppler colorido. Não que a cor seja essencial para o diagnóstico, mas deixa as imagens mais divertidas. Médicos também precisam encontrar algum entertainment value em seu ofício. E agora, uma nova tragédia: um de nossos profissionais desapareceu..."

Este é o momento em que puxo meu bloco de notas. Um dia vou comprar uma caneta para acompanhar, mas uma coisa de cada vez.

"Quando ele foi visto pela última vez?", pergunto

"Em 24 de novembro de 1971. Harold B. Melvin era meu parceiro de palco e o mais talentoso dos origamistas da nova geração. Chamei uma grande coletiva de imprensa e o FBI, e esperava uma grande cobertura que nos ajudasse a localizar Harold, mas nosso caso foi eclipsado pelo tal de D. B. Cooper, o cara que, no mesmo dia, sequestrou um Boeing 727 da Northwest Airlines no espaço aéreo entre Portland, Oregon, e Seattle, Washington, e extorquiu uma quantia de duzentos mil dólares em resgate, pulando de paraquedas para um destino incerto."

"Um sequestro de Boeing e o desaparecimento de um origamista peniano no mesmo dia", refleti. "Não gosto de coincidências. Aliás, odeio coincidências. Tanto é que, toda vez que pego um dicionário, risco furiosamente essa palavra. Vocês, civis, acreditam em coincidências. Nós, investigadores profissionais, sabemos que duas ocorrências aleatórias podem ocorrer em simultaneidade, muitas vezes sem nada em comum que as conecte. O segredo é separar uma da outra. Mas não espero que que vocês, civis, entendam isso. É para isso que somos contratados. Aceito o caso."

Geralmente, selo meus acordos com um aperto de mãos. Mas minha mãe, em seu leito de morte, me fez jurar que nunca apertaria a mão de um origamista de pênis. Achei estranho aquelas terem sido nossas palavras de despedida, mas agora, 20 anos depois, reconheço sua importância. Talvez tenha sido uma coincidência. Talvez a combinação de dois eventos aleatórios, sem nenhuma conexão. Jamais saberemos.

Saio do escritório, localizado no primeiro andar de uma loja de bombas-relógio usadas. Reflito sobre o misterioso desaparecimento do artista peniano, quando se aproxima uma van escura. Ela estaciona apressada e desajeitadamente ao meu lado. Da porta traseira, descem dois homens mascarados que me agarram e me atiram violentamente em seu interior.

Dentro do veículo, a atmosfera carregada fazia com que tudo se destacasse como uma performance, um movimento distinto e extremamente importante. Era um daqueles momentos de hipersensibilidade em que todos os seus movimentos automáticos, por mais estabelecidos que sejam, por mais habituais que sejam, tornam-se atos de vontade separados. Você é como um homem aprendendo a andar depois da poliomielite. Você não dá nada como certo, absolutamente nada.

Rodamos por alguns quilômetros. Meus sequestradores não eram do tipo faladores, então o silêncio imperava.

Os minutos pareciam horas, as horas pareciam dias, e os dias pareciam um ano bissexto em um país do norte da Europa, daqueles em que nunca nada acontece e em que os minutos parecem horas.

De repente, entramos em uma garagem.

Meus sequestradores me tiram do carro, e sou levado a um canto escuro, como uma pintura renascentista chiaroscura de Caravaggio, mas na qual ele tivesse esquecido de usar o claro.

Lá me aguardava uma velha extremamente feia, usando um véu e um vestido feito de um tecido que poderia ter sido a cortina de um motel triste no Nebraska, como algo saído de uma ilustração de Edward Hopper feita em um dia que ele só tenha almoçado berinjela ao sugo.

“Betty Friedan?”, pergunto eu.

“Não, idiota”, responde a velha, tirando o véu. “Sou eu, John Edgar Hoover, o implacável diretor do FBI.”

“De vestido?”

“Estou disfarçado para um caso”, diz o implacável criador da polícia federal americana. “Estou avisando para você abandonar este caso, Wadd. Você está entrando em uma investigação federal. Se você os ajudar, vai ganhar inimigos poderosas. Agora, suma!!!”

“Você não me intimida, Hoover. Não sou um Kennedy”, disse claramente intimidado.

Os gorilas de Hoover me espancam por minutos que pareciam horas, horas que pareciam dias, e dias parecidos com um ano bissexto em um país do norte da Europa, daqueles em que nunca nada acontece e em que os minutos parecem horas.

A descrição pode parecer pouco inventiva, mas desafio o leitor a escrever algo melhor enquanto é chutado no saco.

"Continua sem medo, Wadd?", perguntou ele.

"Sim", respondi. O fato de eu estar tremendo e chorando, enquanto chamava por minha mãe pelo canto da boca, atrapalhou a aparência de coragem que eu queria transmitir.

Os dois gorilas me atiram na rua.

Respiro o ar da liberdade das manhãs de Los Angeles, de tal forma que não percebo a aproximação de uma van.

OOMMM...

2

Hambúrguer

A van estaciona apressada e desajeitadamente ao meu lado. Da porta traseira, descem dois homens mascarados que me agarram e me atiram violentamente em seu interior.

Dentro do veículo, a atmosfera carregada fazia com que tudo se destacasse como uma performance, um movimento distinto e extremamente importante. Era um daqueles momentos de hipersensibilidade em que todos os seus movimentos automáticos, por mais estabelecidos que sejam, por mais habituais que sejam, tornam-se atos de vontade separados. Você é como um homem aprendendo a andar depois da poliomielite. Você não dá nada como certo, absolutamente nada.

Rodamos por alguns quilômetros. Meus sequestradores não eram do tipo faladores, então o silêncio imperava.

Os minutos pareciam horas, as horas pareciam dias, e os dias pareciam um ano bissexto em um país do norte da Europa, daqueles em que nunca nada acontece e em que os minutos parecem horas.

De repente, entramos em uma garagem.

Meus sequestradores me tiram do carro, e sou levado a um canto escuro, como uma pintura chiaroscura de Rembrandt, mas na qual ele tivesse esquecido de usar o claro.

Lá me aguardava uma velha extremamente feia, usando um véu e um vestido feito de um tecido que poderia ter sido a cortina de um motel triste no Arkansas, como algo saído de uma ilustração de Edward Hopper feita em um dia que ele só tenha almoçado filé de cenoura com curry.

"John Edgar Hoover, o implacável diretor do FBI?", pergunto.

"Não, idiota", responde a velha, tirando o véu. "Sou eu, Betty Friedan, a escritora e ativista feminista americana, autora de The Feminine Mystique, livro frequentemente creditado por desencadear a segunda onda do feminismo americano no século XX."

A reconheço e recito de memória um trecho de sua obra seminal: "As praias estão repletas de vítimas da mística feminina. Desistiram da sua própria educação para permitir que os seus maridos frequentassem a faculdade e, então, talvez contra a sua própria vontade, dez ou quinze anos mais tarde, foram deixadas em apuros pelo divórcio. Os mais fortes conseguiam lidar com a situação mais ou menos bem, mas não era assim tão fácil para uma mulher de quarenta e cinco ou cinquenta anos avançar numa profissão e construir uma nova vida para si e para os seus filhos, ou para si mesma." Interessante, sem dúvida, mas eu me alinho aos que pensam que, embora a Mística Feminina diga uma verdade ousada para mulheres brancas, com educação universitária e classe média, mantendo a casa e criando filhos e lidando com a falta de realização, a obra não reconhece as circunstâncias de outras mulheres. Feministas negras e gays no movimento estão em grande parte ausentes das páginas de A Mística Feminina. Há virtudes redentoras, entretanto. Reconheço que, por ocasião do lançamento de seu livro, muitas mulheres estavam vivenciando em particular uma sensação de que o problema era só delas. Parte do que A Mística Feminina fez foi mudar essa conversa dessa análise individual; seu livro, em que pesem minhas restrições, mostrou uma análise sistêmica de como a sociedade estava minando as mulheres para mantê-las em casa, sob o apelido de 'ocupação: dona de casa'. Mas é assim, Dona Beth, por mais que a gente se esforce, sabemos que a maioria das pessoas passa pela vida gastando metade de sua energia tentando proteger uma dignidade que nunca tiveram. Pode estar aí a origem de seu ódio pelos origamistas de pênis..."

Ela não gostou muito de minha crítica ao seu trabalho. "Você deve saber que qualquer aliado dos origamistas de pênis é inimigo do movimento feminista e meu inimigo pessoal", disse a pioneira feminista e escritora. "Wadd, saiba que, em 1957, quinze anos depois de me formar no Smith College, eu participei de uma reunião em uma instituição exclusivamente feminina. Antes da reunião, eu realizei uma pesquisa perguntando aos ex-alunos se eles haviam achado sua educação útil desde que se formaram. 89% dos entrevistados não utilizaram as habilidades que desenvolveram durante sua educação, e a maioria estava insatisfeita com seus papéis na vida. Essa pesquisa tornou-se a base de The Feminine Mystique, focado na promoção da igualdade de gênero centrada na capacidade das mulheres de entrar nas esferas públicas. Eu sigo convencida de que as mulheres continuam a ser cidadãs de segunda classe enquanto seu estado civil determina sua posição social. A recusa dos origamistas de pênis em permitirem a entrada de uma mulher em sua trupe é mais um exemplo desta discriminação odiosa. E eu vou combatê-los até o mais amargo final. E você, ao ajudar essa raça, entrou na minha linha de tiro."

Simultaneamente, Beth abaixou o vestido e a calcinha e me mostrou o maior grelo que eu já havia visto. "E, no mais, diga-me se eu não podia ser uma estrela daquela maldita trupe de punheteiros de teatro?"

O clitóris avantajado de Beth mostrou que ela tinha sua parcela de razão, assim como em The Feminine Mystique, ainda que consideradas as válidas objeções ao eurocentrismo do trabalho.

Até dava para origamar seu centro de prazer.

Não sou de falar mal de meus clientes, mas obviamente faltou um pouco de boa vontade ao Diz Perkins...

Enquanto ela se recompunha, as gorilas cúmplices de Betty tiraram suas máscaras. Eram duas mulheres, simpáticas como um fuzileiro naval depois de bater o dedo mindinho em uma baioneta. Elas me espancam por minutos que pareciam horas, horas que pareciam dias, e dias parecidos com um ano bissexto em um país do norte da Europa, daqueles em que nunca nada acontece e em que os minutos parecem horas.

A descrição pode parecer pouco inventiva, mas desafio o leitor a escrever algo melhor enquanto tem seu saco retorcido em sentidos diametralmente opostos.

As duas gorilas me atiram na rua.

Respiro o ar da liberdade das tardes de Los Angeles, de tal forma que não percebo a aproximação de uma van.

3

O monstro do Lago Ness

A van estaciona apressada e desajeitadamente ao meu lado. Da porta traseira, descem dois homens mascarados que me agarram e me atiram violentamente em seu interior.

Dentro do veículo, a atmosfera carregada fazia com que tudo se destacasse como uma performance, um movimento distinto e extremamente importante. Era um daqueles momentos de hipersensibilidade em que todos os seus movimentos automáticos, por mais estabelecidos que sejam, por mais habituais que sejam, tornam-se atos de vontade separados. Você é como um homem aprendendo a andar depois da poliomielite. Você não dá nada como certo, absolutamente nada.

Rodamos por alguns quilômetros. Meus sequestradores não eram do tipo faladores, então o silêncio imperava.

Os minutos pareciam horas, as horas pareciam dias, e os dias pareciam um ano bissexto em um país do norte da Europa, daqueles em que nunca nada acontece e em que os minutos parecem horas.

De repente, entramos em uma garagem.

Meus sequestradores me tiram do carro, e sou levado a um canto escuro, como uma pintura chiaroscura de Rembrandt, mas na qual ele tivesse esquecido de usar o claro.

Deste ponto obscuro da obscura garagem, emergem três vultos.

"Quem são vocês?", pergunto.

"Somos o Trio Los Panchos, conjunto musical mexicano", responde o latino mais alto, obviamente o líder. "Na década de 1940, colaboramos com a orquestra Viva América, de Alfredo Antonni, com o acordeonista John Serry Sr., em uma gravação de La Palma, uma dança de cueca chilena, e Rosa Negra, uma conga, para a Pilotone Records. Em 1964, gravamos um álbum antológico com a vocalista americana de descendência judaico-espanhola Eydie Gormé, que tinha vários anos de experiência em gravação nos Estados Unidos e que estava apenas começando a gravar em espanhol. A colaboração entre nós e Gormé rendeu uma série de álbuns mais vendidos na década de 1960, como Great Love Songs In Spanish."

"Ignoro", disse, desafiador. Era o terceiro sequestro no mesmo dia, e eu estava cansado e irritadiço. "Eu só ouço os álbuns natalinos de Liberace."

Não me vendo, mesmo sob ameaça de tortura. Tenho meus gostos musicais, e eles não estão à venda. Liberace encarna o tipo de masculinidade exuberante no qual moldei minha personalidade. Se sou o homem durão e que caminha sem medo, uma espécie de gladiador contemporâneo, é porque baseei minha atitude em Liberace — a arrogância, a masculinidade sem desculpas, o machismo exuberante.

"Ouça bem, Wadd", disse o líder. "No ano passado, gravamos um álbum com os malditos origamistas de pênis. Nós tocávamos, e eles se tocavam, por assim dizer. Misteriosamente, o álbum Touching Your Penis And Your Heart foi um sucesso e ficou por semanas na lista da Billboard. Como eles não são ouvidos no disco, não fazem nenhum maldito som durante toda a gravação, nós fizemos uma reunião para rever a divisão dos lucros. Afinal, nós providenciamos os sons, e eles ficavam nos distraindo fazendo desenhos abstratos com suas jebas no canto do estúdio. Eles não concordaram e ainda fizeram uma caricatura minha com aqueles paus sujos. Chegavam a colocar um mini sombreiro naquelas glandes pútridas. Passaram a incluir meu rosto em uma pornográfica simulação peniana em seus shows nojentos. Então, saiba: se você os ajudar, vai ganhar inimigos poderosos. Nós, a embaixada do México, os restaurantes de tacos e a própria Eydie Gormé."

Não há ninguém mais durão do que um mexicano durão, assim como não há nada mais gentil do que um mexicano gentil, nada mais honesto do que um mexicano honesto e, acima de tudo, nada mais triste do que um mexicano triste.

Os dois mexicanos silenciosos do grupo avançaram sobre mim e me espancaram com maracas e violões. Enquanto eu era espancado, os cínicos mariachis cantavam baixinho, como que para usar um metrônomo para manter o ritmo do espancamento.

Que se quede el infinito sin estrelas
O que pierda el ancho mar su inmensidad
Pero el negro de tus ojos que no muera
Y el canela de tu piel se quede igual

Os dois obscuros musicistas me atiram na rua.

Estou ferido, humilhado, mas respiro o ar da liberdade das noites de Los Angeles, de tal forma que não percebo a aproximação de vans — desta vez porque realmente não há nenhuma.

Pensa consigo mesmo: "Este caso vai me render inimigos poderosos. O FBI pode arruinar a vida de um homem. E talvez eu nunca mais possa entrar no Taco Bell. Mas nestas ruas perigosas caminho eu, um homem que não sou sujo nem tenho medo. Odeio a palavra medo. Não tanto quanto a palavra coincidência, mas a odeio mesmo assim. Eu sou o herói, então eu sou tudo. Um homem completo e um homem comum, ainda que seja, paradoxalmente, um homem incomum. Sou um homem de honra — por instinto, por inevitabilidade, sem pensar nisso e, certamente, sem precisar dizer. Sou o melhor homem do meu mundo e um homem bom o suficiente para qualquer mundo. O mundo dos origamistas de pênis precisa de mim. E eu devo ser o melhor homem para o mundo deles..."

Eu havia encontrado um propósito.

4

O relógio de pulso

Passo a noite sozinho em meu apartamento — apenas eu, meu Colt .38 e o doce som das baladas natalinas gravadas por Liberace.

Acordo, me barbeio, tomo analgésicos regados a gim e volto para o escritório do meu cliente.

Wallace Perkins parece surpreso por me ver tão cedo.

Digo a ele: "Eu não sabia que os adestradores de piroca..."

Ele me corrige com a pompa habitual: "Origamistas de pênis."

"Ok", respondo. "Eu não sabia que vocês tinham tantos inimigos. Desde que saí do seu escritório, fui atacado e espancado pelo FBI, por Betty Friedan e pelo Trio Los Panchos..."

Perkins acende seu cachimbo, que exala um delicioso aroma de bolo de cenoura com recheio de salmão. "Toda grande arte é revolucionária e desperta reações apaixonadas. O ódio também é uma paixão. Pense em Michelangelo Buonarroti. Ele teve que passar um período de sua vida escondido dos mesmos Medici que o patrocinaram. Em dado momento, o capital e a arte seguem caminhos distintos, Wadd. É nossa sina como artistas. Michelangelo passou dois meses escondido em uma 'câmara secreta' em 1530. Nas paredes do refúgio, ele fez desenhos arrebatadores, o que era uma forma de resistência. Assim como Michelangelo, nós, os origamistas de pênis, também por vezes esbarramos em inimigos poderosos. Isso não nos faz desistir; pelo contrário, nos tornamos mais fiéis ao nosso propósito, à nossa arte. Ainda que um dia sejamos confinados, como Michelangelo, em uma câmara escondida do mundo, estaremos moldando formas com nossa genitália. A arte, frequentemente, é um chamamento, não uma escolha."

"Eu tenho um plano", disse eu. "Eu quero fazer parte da trupe para poder entender a dinâmica que levou ao desaparecimento de Melvin."

Perkins riu com desdém: "Wadd, esta é uma arte que demora anos para ser aprendida. Você não decide do dia para a noite que vai integrar os grandes e entrar na sinfônica de Boston, na banda de Charlie Parker ou no coral de Ray Conniff..."

Eu disse: "Não existem formas vitais e significativas de arte; há apenas arte, e apenas pequenas porções dela são realmente preciosas."

Neste momento, abaixei minhas calças, revelando meu pênis de 45 centímetros.

Perkins olhou para meu membro. Ele ficou em silêncio por alguns segundos. Então, com lágrimas nos olhos e um leve e quase imperceptível tremor nos lábios, exclamou: "O dragão imperial dourado renasce!!"

TIRO
NO
PÉ

5

“Vês ali, amigo Sancho Pança, onde se descobrem trinta ou mais desaforados gigantes...”

Wallace Perkins queria uma volta triunfal dos origamistas de pênis.

Reservou o venerado Teatro Chinês para nosso retorno.

Contratou Orson Welles para nos dirigir. Insistiu em uma abertura highbrow.

Richard Burton declamaria monólogos shakespearianos. Ao seu lado, Laurence Olivier ficaria silenciosamente acariciando o crânio de Sarah Bernhardt, como se fosse Yorick, o falecido bobo da corte – que, dizem, Shakespeare criou para homenagear o comediante elisabetano Richard Tarlton, uma estrela da fase pré-shakespeariana, que tinha ido de arrasta para cima aproximadamente na mesma época em que Hamlet foi escrito. O curioso é que, enquanto viva, Sarah nunca tinha se destacado na comédia e agora vivia – no pun intended – um comediante morto. Uma das pequenas ironias trazidas pela profanação de cadáveres...

Seria o primeiro encontro de três gerações de atores clássicos – Burton, Olivier e Sarah – ou pelo menos parte dela.

E depois as estrelas – nós, os origamistas de pênis!!!

Meu relacionamento com Welles começou tenso, mas depois tive o prazer e a honra de chamá-lo de "amigo e irmão".

Ele, por sua vez, me tratava como "aquele magrelo filho da puta, com o pau e o cérebro de um jumento".

Welles ressuscitou para nosso ato sua velha obsessão por Dom Quixote, tema de dois de seus filmes – um de 1957 e o outro de 1972, que não chegou a ser montado.

Welles começou sua obsessão com o personagem de Miguel de Cervantes fazendo um curta de trinta minutos para a CBS em 1955, mas a resposta negativa às suas imagens de teste preliminares o convenceu a expandi-lo para um projeto muito maior. Em vez de ser uma adaptação direta, Welles pretendia trazer sua dupla central — Dom Quixote e Sancho Pança — para o mundo moderno, analisando como os temas do romance de 400 anos continuam a ressoar. As filmagens começaram em 1957, mas problemas com o financiamento e a natureza improvisada do projeto fizeram com que ele só terminasse doze anos depois, em 1969. Mesmo depois dessa segunda unidade, as filmagens ainda estavam sendo feitas na década de 1970. E agora ele queria contar a história usando nossos pênis. Dom Quixote é o mais notório dos filmes não feitos de Welles por um bom motivo, uma confusão de uma ideia onde é provável que até seu estimado criador não soubesse que direção tomar com ela. Embora não haja debate de que os artistas devem ter liberdade criativa ao criar seus trabalhos, Dom Quixote continua sendo um excelente exemplo de por que o controle ilimitado pode, em última análise, fazer mais mal do que bem. A razão central pela qual uma versão acabada de Dom Quixote não se materializou decorre inteiramente do compromisso inabalável de Welles com seu próprio estilo, mesmo que esse estilo fosse pouco mais do que uma coleção de ideias vagamente conectadas que faziam sentido apenas para ele. Ou talvez a soma de ideias desconectadas fosse seu estilo. Pode-se dizer que Welles abraçou o projeto com a mesma teimosia doentia do próprio Dom Quixote, como se ele mesmo fosse o cavaleiro esquelético da triste figura, embora com o physique du rôle de Sancho Pança. A fotografia principal começou em junho de 1957 com Francisco Reiguera e Akim Tamiroff nos papéis de Dom Quixote e Sancho Pança, respectivamente, mas a natureza incerta do produto final resultou em Welles trabalhando sem um roteiro acabado. As cenas eram improvisadas, com o constante estado de fluxo do filme deixando todos sem saber qual material chegaria ao resultado final. "Caminante, no hay camino, se hace camino al andar", dizia o poeta e dramaturgo espanhol do século XIX, Don Antonio Machado. Mas Machado nunca fez um filme e tentou trabalhar com um orçamento de estúdio. Problemas com o financiamento e o compromisso de Welles com outros projetos levaram a grandes períodos de inatividade entre as filmagens, com Welles eventualmente optando por financiar todo o filme. Isso se mostrou mais fácil dizer do que fazer, com Welles sendo forçado a aceitar muitos trabalhos de atuação e direção bem abaixo de seu calibre apenas para manter a produção à tona, apenas exacerbando o cronograma prolongado de filmagens. Ele chegou a dublar o Pernalonga em alguns curtas do safo coelho. Seu trabalho nunca foi aproveitado pela Warner. Ele fazia Pernalonga soar como um príncipe sueco, o que mostrava que estava fazendo o trabalho apenas por dinheiro e sem nenhuma preocupação com as motivações e personalidade do personagem. Para piorar, o Quixote foi filmado com câmeras 16 mm silenciosas, com Welles pretendendo dublar o diálogo mais tarde. Embora isso permitisse a Welles maior liberdade ao moldar seu produto na suíte de edição, serviu apenas como mais uma camada da já caótica produção do filme.

E agora Perkins oferecia ao tresloucado e obsessivo mago da sétima arte uma saída honrosa para finalmente contar a história de Quixote com total liberdade.

Na concepção de Welles, Perkins me atacaria usando o pênis como Rocinante, o pangaré do Cavaleiro da Triste Figura — e o prepúcio como as rédeas que dirigiam o raquítico quadrúpede montado por Quixote.

De alguma forma, Perkins também usaria seu testículo como o gordo Sancho Pança.

Eu, por minha vez, faria o papel do moinho de vento, realizando um pirocóptero com meu — às favas com a modéstia — nada modesto pênis.

O Coro do Tabernáculo Mórmon, completo, com seus 78 artistas, cantaria "Impossible Dream" durante o ataque.

"Quero que você pense como um moinho de vento", dizia Welles, "mas, ao mesmo tempo, pense como o gigante que Quixote projeta no moinho de vento. O público tem que captar a essência do moinho de vento, mas também enxergar o inimigo de Quixote. Dom Quixote foi um guerreiro trágico. A sua luta centrava-se na realidade, rude e hostil, que ele tentava trocar. Ele queria trocá-la por um ideal que sabia ser inalcançável. Existem várias metáforas suscitadas por esse personagem. Isso levou a um efeito que leva o nome de suas aventuras – O Efeito Dom Quixote. O Efeito Dom Quixote ocorre em diferentes campos. Existe a analogia do homem que luta contra moinhos de vento e que ele pensa que são gigantes. Podemos encontrar isso na guerra entre países. E também podemos encontrá-lo em nossa vida cotidiana. Quando pensamos que as coisas são de um jeito, mas na realidade são de outro, caímos nesse efeito. Acabamos atacando com toda a energia o moinho de vento. Um dos significados atribuídos ao Efeito Dom Quixote gira em torno das relações internacionais. Mais concretamente, isto está relacionado com a guerra entre países. Na história, podemos encontrar vários exemplos, como a Guerra EUA-Vietnã. Nestas guerras, os países mergulham em guerras que não podem vencer. Mesmo que os países não consigam assumir o controle do território, eles se lançam à batalha. Infelizmente, o número de mortes que estas guerras causam não é justificável. Isso independentemente dos benefícios que eles possam obter com elas. Estas guerras podem começar com a desculpa de salvar outro país. Podem dizer que estão a difundir a democracia ou a derrubar um ditador. Independentemente disso, estes são ideais impossíveis como os característicos de Dom Quixote. É tudo isso que você tem que projetar enquanto encarna o gigante e o moinho, em simultaneidade."

"Amigo Orson", respondi gentilmente, "acho complicado manter essa dualidade. São muitos sentimentos contraditórios para apenas um pênis, mesmo um de 45 centímetros. Não é mais fácil você só me falar se giro o pau para a esquerda ou direita?"

"Quem caralhos é você para questionar minha direção!!!", gritou descontrolado o gigantesco gigante do cinema. "Eu, com 25 anos, logo na minha estreia no cinema, dirigi, atuei e produzi o filme mais importante de todos os tempos!! Você, com 25 anos, devia estar comendo capim!", seguiu Welles, em seu ataque de pelanca. "Eu entendo Quixote. Ele vê o mundo através de uma lente de missões e cavalaria: prostitutas são virgens, pousadas são castelos e o Sancho é seu fiel escudeiro. O cavaleiro caseiro parte em uma velha armadilha óssea para grandes feitos e glória eterna. Eu sei o peso do adjetivo 'quixotesco', como a palavra tem sido usada para descrever um idealismo que beira o delírio – e nada representa este momento como abaixar a lança e carregar em moinhos de vento que se confundiu com gigantes. Eu, aos 25 anos, fiz o maior filme de todos os tempos. Os estúdios de cinema perdoam tudo, menos a genialidade. Por isso caí em desgraça com eles e me roubaram o controle criativo. Mas aqui eu tenho o controle cênico de volta. Não vai ser um bosta como você que vai me dizer como dirigir Dom Quixote!!!"

"A Pauline Kael diz que o mérito de Kane é todo do roteiro do Herman J. Mankiewicz...", respondi, já meio puto com a lenda dos palcos e das telas.

O gordo pulou em cima de mim e tentou me esganar. Foram necessários 18 caras da técnica para tirar o Welles de cima de mim. Por pouco não digo Rosebud, deixo cair um snow globe e parto dessa para melhor.

Passado esse episódio (nunca totalmente superado pelo genial cineasta), houve outros problemas técnicos.

Meu pirocóptero produzia uma corrente de vento que derrubava não apenas Wallace Perkins como também diversos itens do cenário.

Mas fomos fazendo ajustes, reduzindo a intensidade do rotor e assim caminhamos para a estreia.

Embora eu tenha desenvolvido um pequeno fascínio pelas artes cênicas, minha essência de detetive não mudava: Eu estava lá para desvendar o desaparecimento do manipulador de jebas Harold B. Melvin. Entender como a trupe de artistas tinha criado um arco de inimigos que ia do FBI até o Trio Los Panchos, passando pelas feministas.

Qualquer um destes grupos poderia ter sido o responsável pelo sequestro.

E havia a hipótese de Melvin ter outros inimigos.

Um dia, durante o ensaio, enquanto Welles fazia um intervalo para lanche, devorando 15 steaks e 12 frangos, recebi um bilhete de um dos porteiros do teatro:

"Me encontre depois do ensaio no beco de trás. Sua vida corre risco."

Terminei minha encenação como moinho de vento com uma energia que impressionou não apenas Welles como também os cantores do Coro do Tabernáculo Mórmon.

Eles confundiram energia com pressa. Tudo o que eu queria era sair de lá o mais rápido possível e descobrir quem era meu informante misterioso.

6

No soy nada, yo no tengo vanidad

No vestiário, tomei o cuidado de colocar meu .38 no coldre. Se o encontro fosse uma armadilha, eu estaria preparado.

Esperei o teatro esvaziar e segui para o beco atrás do teatro.

A rua estava escura com algo mais do que noite.

Uma pequena figura de cabelos curtos me esperava nas sombras.

Acenei e meu informante saiu das trevas.

A reconheci imediatamente: Era a pequena e delicada Edith Gormezan, nome artístico de Eydie Gormé.

"Edith", disse eu.

"Há anos ninguém me chama assim. Até meus pais me chamam de Eydie. Vamos para um café aqui perto. Precisamos conversar."

Segui a cantora até um café vazio, o único aberto àquela hora.

"Wadd. Temos uma amiga em comum. Doris Day. Ela te elogiou muito. Por isso, preciso te dizer. Você está em perigo neste caso. Esqueça tudo, pelo bem de vocês dois – você e essa jeba magnífica que Doris diz que é um presente dos deuses", disse ela.

"Eydie", disse eu, "agradeço sua preocupação. Mas eu sou um detetive e trabalho em nome da lei. É minha essência. A lei não é justiça, eu sei. A justiça é um mecanismo muito imperfeito. Se você apertar exatamente os botões certos e também tiver sorte, a justiça pode aparecer na resposta. Um mecanismo é tudo o que a lei sempre quis ser e nunca conseguiu. Mas é minha missão. Por isso, encrenca é o meu negócio. Perigo é parte do preço que pago alegremente para tentar promover este jogo incerto que é a justiça. É o Quixote em mim."

Era só o que faltava. Agora eu estava falando como aquele gordo escroto.

"Você não sabe com quem está se metendo, Wadd. Vou te contar minha história e você vai entender... Após o colegial, eu fui trabalhar como tradutora, mas nos fins de semana cantava em uma banda liderada por Ken Greengrass. Eu apareci em um programa de rádio em espanhol chamado Cita Con Eydie, quando mudei meu nome de 'Edith' para 'Edie' e depois 'Eydie' porque as pessoas pronunciavam incorretamente 'Edie'. Foi quando as coisas começaram a dar errado. Gravei com o Trio Los Panchos. Meu primeiro contato com eles surgiu depois que o popular grupo com integrantes do México e Porto Rico, composto por Alfredo Gil, Chucho Navarro e Johnny Albino, viu minha apresentação no Club Copacabana de Manhattan no final de 1963. Los Panchos eram os principais cantores de bolero da América Latina, então, quando sugeriram uma gravação, a Columbia concordou. Em 1964, a Columbia lançou o álbum 'Amor', que ficou 22 semanas nas paradas. A música 'Sabor a Mí' tornou-se uma de minhas marcas registradas. O que eu não sabia é que o Trio Los Panchos era um disfarce. Seus integrantes representavam um cartel de drogas. Eles traziam cocaína da Colômbia dentro daqueles sombreiros ridículos. Eles criaram o esquema criminoso perfeito, contrabandeando cocaína e sombreiros simultaneamente. Em breve eu era parte do esquema e fui obrigada a usar também um sombreiro e viajar com eles para transportar drogas. Quando ameacei largar o grupo e denunciar tudo para o esquadrão de drogas, eles ameaçaram me matar e matar toda a minha família. Quando descobri que eles haviam gravado aquele álbum 'Touching Your Penis And Your Heart' com os marionetes de rolas..."

"Origamistas de pênis", corrigi.

"Foda-se", respondeu ela como uma princesa em um filme da Disney. "Você entendeu. Soube da guerra entre eles em razão de direitos autorais. Depois soube que você estava investigando o desaparecimento de um membro do grupo, entrei em desespero. De alguma forma, fui usada à força como um membro do cartel. Eu era parte de um esquema criminoso internacional. E só o que eu queria era cantar canções suaves que celebravam o amor à moda caribenha."

"São dois crimes federais, Eydie. Primeiro o tráfico de drogas. Mas tem também a entrada de sombreiros estrangeiros, que fere o trade agreement entre os fabricantes de chapéus mexicanos e os chapeleiros locais."

"Por isso sou a favor do laissez-faire, inspirado pelo Adam Smith, o economista escocês, que teve como cenário para a sua vida o atribulado Século das Luzes, no século XVIII. Como você sabe, ele é o pai da economia moderna e é considerado o mais importante teórico do liberalismo econômico. Autor de 'Uma Investigação sobre a Natureza e a Causa da Riqueza das Nações', a sua obra mais conhecida, e que continua sendo usada como referência para gerações de economistas, na qual procurou demonstrar que a riqueza das nações resultava da atuação de indivíduos que, movidos inclusive (e não apenas exclusivamente) pelo seu próprio interesse (self-interest), promoviam o crescimento econômico e a inovação tecnológica", disse a cantora.

Súbito, ela encosta sua cabeça em meu peito e diz: "Tenho medo, Wadd. Medo por mim, medo por nós."

Eu a beijo delicadamente nos lábios.

"Que Sera, Sera", digo eu em seus ouvidos.

Como uma fada de um conto juvenil, ela arregala seus olhos doces e diz: "Essa música é da Doris Day, seu chupador de rola filho de uma putana."

A beijei novamente.

Saímos juntos, acolhidos por um breve momento pelas trevas da noite sem lua.

DUELO DE ESPADAS

7

A Dália Negra

Passamos a noite juntos. Na despedida, sentimental como toda cantora de boleros, ela quis fazer uma polaroid de meu pênis ao lado de uma fita métrica para fazer inveja a suas amigas. "Vanity, thy name is woman", escreveu o bardo. Ou melhor, não escreveu. Quando o pai de Hamlet, o rei, morre repentinamente e, um mês depois, sua mãe se casa com o irmão do rei morto, tio de Hamlet, o príncipe está meio puto com o que ele vê como a traição de sua mãe ao marido morto e diz: "Frailty, thy name is woman!". Ele não está se referindo à fragilidade física, como você pode imaginar, mas a uma fraqueza de caráter. (E, sem falsa modéstia, nenhuma mulher que passa a noite fazendo amor comigo pode ser chamada de frágil. Porque, com uma caceta de 45 centímetros e... você sabe. Não quero me vangloriar.) Hamlet, como você já deveria ter lido (aliás, deveria ter lido antes de ler esse livro. Em "Shakespeare: a invenção do humano", o crítico Harold Bloom diz que o bardo criou o conceito de humanidade em suas obras), descobre mais tarde que a morte de seu pai não tinha sido natural. Seu tio, agora no trono, havia assassinado o pai de Hamlet derramando veneno em seus ouvidos enquanto ele dormia. Por que o ouvido? Sei lá. Como detetive particular, consigo imaginar mil formas de assassinar a porra do rei. Mas Bill Shakespeare tinha essa queda pelo dramático... Veneno no ouvido. Vai tomar no cu. Mas, enfim, as gerações posteriores transformaram a palavra "fragilidade" em "vaidade" ao trazerem o ditado para a cultura atual. Misoginia? Bem, foda-se, eu tinha um ensaio para fazer e estava cagando montes para as distorções na obra shakespeariana.

Já tinha que aguentar os intermináveis 15 minutos do ato de abertura de Burton, Olivier e do crânio de Bernhardt...

Um pé no saco. Isso quando Burton aparecia sóbrio, o que era uma raridade.

Volto para meus ensaios com algum atraso.

Nenhuma das pessoas na sala prestou atenção à forma como entrei, já que todas estavam mortas. Estavam todos tão esvaziados de vida e de sangue quanto os bolsos de um espantalho.

Welles, o imortal diretor, estava – paradoxalmente – morto.

Fugi. O mais rápido possível. "Frailty, thy name is Wadd!".

Não, não vou reiniciar o debate.

Minha noite de amor com Eydie Gormé provavelmente salvou minha vida, mas me incluiu entre os suspeitos dos quase 100 assassinatos cometidos no interior do Teatro Chinês.

Não estou reclamando.

Prefiro uma trepada seguida de estar vivo a uma noite na seca seguida de estar morto.

É apenas uma constatação.

Talvez Eydie estivesse certa e o cartel do Trio Los Panchos tenha decidido executar sua vingança final.

Ou talvez amigos da Dália Negra tenham voltado para se vingar de Welles e encontrado Perkins e os 78 membros do Coro do Tabernáculo Mórmon no caminho e tivessem decidido não deixar testemunhas.

Era um segredo de polichinelo que Welles havia matado a Dália Negra, a candidata a atriz Elizabeth Short, e abandonado seu corpo serrado em dois em um subúrbio.

Elizabeth Short foi assassinada em 1947.

Seu corpo foi encontrado mutilado e esquartejado em um terreno baldio na cidade de Los Angeles. O caso ficou conhecido como Dália Negra (Black Dahlia) depois que o jornal L.A. Herald Express começou a chamar a atriz assim, em associação ao filme Blue Dahlia, do ano anterior.

Todos em Holyweird sabiam que Welles era portador de uma condição chamada personalidade difásica, um transtorno frequentemente atribuído a serial killers em que alguém pode se tornar violentamente agressivo quando frustrado. Eu aprendi isso quando toquei no nome do roteirista Herman J. Mankiewicz. Ele sublimava o crime desde a década de 1940, quando fingia cortar mulheres ao meio e desenhava rostos mutilados em manequins, como fez no filme "The Lady From Shanghai", que dirigiu em 1947. Embora os manequins mutilados não tenham sido usados no filme, Welles os projetou três meses antes do assassinato.

Toda a cidade conhecia o temperamento volátil de Welles e sua obsessão por cortar mulheres pela metade, como indicado pelas pistas visuais que podem ser encontradas no cenário de casa de parque de diversões que ele projetou para cenas que mais tarde foram excluídas de "A Dama de Xangai", um filme que Welles estava fazendo na época do assassinato. Ele exorcizava sua obsessão de cortar mulheres pela metade em números de mágica, como os que ele despudoramente executou para entreter soldados durante a Segunda Guerra Mundial. A bissecção do corpo fazia parte da assinatura do assassino e uma atuação por obsessão do autor. Welles solicitou seu passaporte em 24 de janeiro de 1947, mesma data em que o assassino de Elizabeth Short enviou um pacote para os jornais de Los Angeles. Welles deixou o país para uma estadia prolongada na Europa dez meses após o assassinato. Testemunhas dizem que tanto Welles quanto a vítima, Elizabeth Short, frequentaram o restaurante Brittingham's em Los Angeles durante o mesmo período. Mesmo assim, Welles tinha amigos e nunca foi suspeito na investigação original.

Enfim, nunca mais iria chamá-lo de irmão e amigo. E nunca mais ele responderia me chamando de "magrelo filho da puta, com o pau e o cérebro de um jumento" com aquela voz grave que fazia tremer os alto-falantes dos cinemas.

Eu ia sentir falta daquele gordo escroto.

Seu Dom Quixote peniano entraria para o rol das obras inacabadas do brilhante criador de obras-primas da sétima arte.

Mais uma. Welles dava um azar do caralho.

Eu não tinha para onde correr. A polícia possivelmente queria me prender como um assassino em massa. Os assassinos em massa verdadeiros provavelmente queriam acrescentar meu nome à sua interminável lista de vítimas.

Resolvi fugir.

Mas, antes, um brilho reluzente chamou minha atenção no sangue.

UH!
UH!
UH!
QUE
BELEZA!

8

O Símbolo Voador

Ajoelhei-me perto do mar de sangue e descubro algo parecido com um broche. Como não havia sangue por cima dele, intuí que deveria ter caído do assassino.

Peguei a pista e corri até o escritório de Archibald Leach, o numismata mais famoso de Los Angeles.

Leach tinha habilidades fascinantes em seu campo de estudo.

Ele era capaz de datar uma moeda apenas olhando para o ano impresso em sua superfície. Além disso, fazia círculos perfeitos contornando as moedas com um lápis.

Bati em sua porta e pedi que ele identificasse a procedência do estranho objeto que trazia em minhas mãos. Omiti o fato de ele ter sido encontrado em um mar de sangue.

Leach ligou sua luz e, segurando o objeto com uma pinça, o observou detalhadamente.

“Wadd, em meu campo há mais suposições do que certezas. Mas tenho alguns indícios que podem ajudar. Vamos lá: as asas ao redor do broche indicam que ele deve ser usado por funcionários de uma companhia aérea. Historicamente, isso nos dá duas possibilidades. Alguns dizem que o primeiro voo foi o do 14 Bis, do brasileiro Santos Dumont, nos campos de Bagatelle, em Paris, no dia 23 de outubro de 1906. Outros dizem que o voo inaugural foi realizado pela aeronave criada pelos estadunidenses Irmãos Wright em 17 de dezembro de 1903, que teve voo controlado por alguns quilômetros. Sob o ponto de vista cronológico, a resposta óbvia é que os Irmãos Wright inventaram o avião, que, na época, seria um objeto mais pesado do que o ar e que pudesse ser controlado. Mas, de acordo com regras estabelecidas em Paris, o 14 Bis do brasileiro Santos Dumont foi, sim, o primeiro avião da história.

O que eu posso afirmar com certeza é que o broche é posterior a 1910.

Mas há outro fator que só profissionais altamente qualificados como eu são capazes de perceber. Além das asas, está claramente impresso no broche o nome Northwest Orient Airlines.

A Northwest Airlines foi fundada em 1 de setembro de 1926 pelo coronel Lewis Brittin, sob o nome de Northwest Airways, uma referência ao nome histórico para o meio-oeste dos Estados Unidos que derivou do Território do Noroeste.

Paralelamente, o nome 'North by Northwest' também é título de um filme de Hitchcock, inspirado em uma frase de Hamlet, a peça escrita pelo bardo, o cisne de Stratford-upon-Avon em pessoa, mais precisamente 'I am but mad north-north-west: when the wind is southerly I know a hawk from a handsaw', 'Eu só sou louco a norte-noroeste; quando o vento é do sul distingo um gavião de um falcão', que aborda a natureza movediça e sempre questionável da realidade – e um comentário sobre o lado ornitólogo e pouco conhecido do atormentado príncipe da Dinamarca. A frase não deixa claro se ele sabia a diferença entre as aves pousadas ou em pleno voo. Sei lá. E pra que caralhos serve distinguir um do outro? Louco também não enxerga? E o cara deixa de ser louco quando muda a direção do vento? Tipo 'Vamos almoçar?' 'Hoje não, que tá batendo um noroeste e eu penso que sou Napoleão...'? Mas vale ressaltar que Hitchcock observou, em uma entrevista com Peter Bogdanovich em 1963, que o filme era uma fantasia. Todo o filme está sintetizado no título – não existe norte a noroeste na bússola – ainda que, curiosamente, 'noroeste pelo norte' seja um dos 32 pontos cardeais da bússola. Como outras companhias aéreas antigas, o foco da aviação Northwest não era transportar passageiros, mas sim voar correspondências para o Departamento de Correios dos EUA. A companhia aérea foi originalmente baseada em Detroit, Michigan. A incipiente companhia aérea estabeleceu uma rota de correio entre Minneapolis e Chicago, usando biplanos de cockpit aberto, como o Curtiss Oriole e o Waco JYM. A partir de 1928, a cabine fechada de seis passageiros Hamilton H-45 e H-47 foram usados. A Northwest Airlines começou a transportar passageiros em 1927; em 1928, a Northwest iniciou sua primeira rota internacional com serviço para Winnipeg. Em 1929, um grupo liderado por Richard Lilly, um empresário de St. Paul, Minnesota, comprou a companhia aérea. Em 1933, a Northwest foi selecionada para voar na 'Rota Transcontinental do Norte' para Seattle, Washington. Adotou o nome Northwest Airlines no ano seguinte, mudou seu nome para Northwest Airlines, Inc. e a companhia aérea foi incorporada sob seu novo nome no Estado de Minnesota. Em 1939, a Northwest tinha cinco voos diários de Chicago para Minneapolis; três continuaram para oeste até Seattle, passando por Dakota do Norte e Montana. Northwest também serviu Winnipeg, Manitoba, e Portland, Oregon, por pousos para reabastecimento de sua rota transcontinental. Na primavera de 1948, a Northwest estava operando três tipos diferentes de aeronaves: o assento de 44 passageiros Douglas DC-4, o assento de 21 passageiros Douglas DC-3 e o assento de 36 passageiros Martin 2-0-2.

Desta forma, dada a data do filme, da invenção do avião e do início das operações da Northwest Orient Airlines, eu diria tratar-se de um acessório recente, usado por alguém ligado à empresa ou algum de seus fãs. Como há poucos fãs da Northwest por seu péssimo serviço de bordo, no qual os próprios passageiros são obrigados a levar as refeições para os pilotos enquanto os comissários de bordo se envolvem em intermináveis partidas de bridge, eu arriscaria dizer que o acessório é recente e de algum empregado da empresa."

Eu tomava notas compulsivamente, de forma febril, absorvendo cada detalhe.

"O que foi fundado em 1926 mesmo?", perguntei.

Leach me colocou para fora de seu escritório a tapas.

Grande Leach, ótimo numismata, mas um escroto temperamental pra caralho.

Mas eu tinha uma pista...

HMMM...

9

LAX

O fato de milhares de pessoas passarem diariamente pelo Aeroporto de Los Angeles não ia me desestimular. Tudo que eu tinha que fazer era olhar atentamente e – no meio daquela multidão – encontrar um funcionário da Northwest Orient Airlines de uniforme e sem o brochinho minúsculo. Talvez impossível para pessoas comuns, mas não para um detetive com meu treinamento. Há pessoas que encontram uma agulha em um palheiro. Eu vou mais longe: encontro um fiapo de palha em um monte de agulhas. Percebo os mínimos detalhes. Olhos de águia. Distinguiria um gavião de um falcão em pleno voo se soubesse o que separa uma caralha de um bicho do outro. Atenção permanente.

Curiosamente, mesmo com anos de treinamento e uma aguda capacidade de detectar algo fora do lugar, não percebi dois gorilas de mais de 2 metros, com aquele terno preto típico dos federais.

Só os notei quando eles me pegavam pelos braços, me algemavam e me levavam para uma sala reservada.

"FBI, Wadd," disse o mais alto, enquanto o outro trancava a porta. "O que você está fazendo aqui? Esperando um voo? Se sim, cadê a passagem?"

"Nada. Quando estou melancólico, gosto de ver os aviões decolando e desafiando os ares."

"Não venha contar histórias de detetives, Wadd," disse o maior e mais irritadiço dos dois. "Já ouvi todas. Hemingway, como você deve saber, disse em algum lugar que o bom escritor contador de histórias compete apenas com os mortos. O bom contador de histórias de detetive compete não apenas com todos os mortos insepultos, mas também com todas as hostes dos vivos. Tem muita gente contando historinhas de detetive para nós, do FBI. Já sabemos todas as suas artimanhas. Uma historinha de detetive, mesmo em sua forma mais convencional, é difícil de contar bem. Como observou um articulista do The Atlantic, boas histórias de detetive são muito mais raras do que bons romances sérios. Itens de segunda categoria teimam em sobreviver, e muitos que nunca deveriam ter nascido simplesmente se recusam a morrer. Eles são tão duráveis quanto as estátuas em parques públicos e quase tão maçantes. Esse fato incomoda as pessoas de discernimento, como eu. Então não venha com mentirinhas. Diga a verdade."

"É sério. Gosto de aeroportos. Me lembra que a esperança tem asas. Faz a alma voar. Canta a melodia mesmo sem saber a letra. E nunca desiste. Nunca."

"Não admito que citem Emily Dickinson na minha frente, Wadd. Não ouse," disse ele, me dando uma violenta coronhada na testa. "Vai falando. Você não veio aqui atrás de uma aeromoça da Northwest Orient Airlines chamada Pamela Suzette Grier, uma mulata estonteante nascida em 26 de maio de 1949, com 1,73 m de altura? E que recentemente perdeu seu broche de trabalho e pediu uma substituição recentemente, o que apareceu em nossos relatórios confidenciais? O sr. Hoover deixou muito claro que você não deveria saber nada sobre ela..."

Apesar de atordoado com a coronhada e espantado com o ódio gratuito de agentes do FBI por Emily Dickinson, nascida em 10 de dezembro de 1830 e falecida em 15 de maio de 1886, a poetisa americana quase desconhecida em vida e que hoje é considerada uma das figuras mais importantes da poesia americana, percebi que sem querer eles poderiam ter me passado uma pista.

"Quem é essa?"

O detetive mais alto me passou a foto de uma mulher linda. "Pamela Suzette Grier." Todos os seus dados e endereço estão no verso. Olhe bem. É fundamental para nosso trabalho que você não saiba nada sobre ela!"

"Por quê?" perguntei.

"O FBI não quer que você saiba que ela era a aeromoça a bordo do voo 305 da Northwest Orient Airlines, um Boeing 727, sequestrado no espaço aéreo dos Estados Unidos em 24 de novembro de 1971 por um indivíduo chamado D. B. Cooper, de fato um epíteto midiático para um homem não identificado que executou o sequestro durante o trajeto de Portland, Oregon, para Seattle, Washington. Ele disse a ela que portava uma bomba, exigiu US$ 200.000, frutas de estação para comer e 40 toalhas brancas como resgate e solicitou quatro paraquedas ao pousar em Seattle. Depois de liberar os passageiros em Seattle, o sequestrador instruiu a tripulação a reabastecer a aeronave e iniciar um segundo voo para a Cidade do México, com uma parada de reabastecimento em Reno, Nevada. Cerca de 30 minutos depois de decolar de Seattle, o sequestrador abriu a porta traseira da aeronave, acionou a escada e caiu de paraquedas durante a noite sobre o sudoeste de Washington. O sequestrador nunca foi encontrado ou identificado conclusivamente. Ele foi identificado como Dan Cooper para comprar sua passagem só de ida em Portland, Oregon, mas um repórter confundiu seu nome com outro suspeito, e o sequestrador posteriormente ficou conhecido como 'D. B. Cooper'. Na véspera do Dia de Ação de Graças, 24 de novembro de 1971, um homem carregando um estojo preto se aproximou do balcão de voos da Northwest Orient Airlines no Aeroporto Internacional de Portland. Usando dinheiro, o homem comprou uma passagem só de ida no voo 305, uma viagem de trinta minutos ao norte até 'Sea-Tac' (Aeroporto Internacional de Seattle-Tacoma)."

"Talvez ele tenha usado dinheiro porque um cheque ou cartão de crédito poderia permitir seu rastreamento," disse eu.

Os agentes se olharam intrigados.

"Nunca pensamos nisso, John," disse o mais alto.

"De fato. Pode ser uma possibilidade, Peter. Faça um relatório sobre esta descoberta," disse o menor deles. "Mas, enfim, o que o FBI não quer que ninguém saiba são os detalhes que só nós do Bureau sabemos, como, por exemplo, que em seu bilhete, o homem listou seu nome como 'Dan Cooper'. Testemunhas oculares descreveram Cooper como um homem branco na casa dos 40 anos, com cabelos escuros e olhos castanhos, vestindo um terno preto ou marrom, uma camisa branca, uma gravata preta fina, uma capa de chuva preta e sapatos marrons. Carregando uma maleta e um saco de papel marrom, Cooper embarcou no voo 305, um Boeing 727-100 (matrícula FAA N467US). Cooper pegou o assento 18-E na última fila e pediu uma bebida, um bourbon e 7-Up, à comissária de bordo Pamela Suzette Grier. Com uma tripulação de seis pessoas, incluindo o capitão William A. Scott, o primeiro oficial William 'Bill' J. Rataczak, o engenheiro de voo Harold E. Anderson, comissários de bordo e 36 passageiros a bordo, incluindo o sequestrador, o voo 305 deixou Portland no horário previsto às 14h50 PST. Logo após a decolagem, Cooper entregou um bilhete para a comissária de bordo Grier. Acostumada a receber cantadas de passageiros, ela guardou o recado na bolsa, quando Cooper então se inclinou em direção a ela e sussurrou: 'Senhorita, é melhor você olhar para essa nota. Eu tenho uma bomba.' Ela abriu a nota. É esta aqui," disse ele, me passando o bilhete original usado no sequestro. Nela, eu li em letras maiúsculas e limpas impressas com uma caneta de feltro o recado: 'Senhorita – Eu tenho uma bomba na minha pasta e quero que você se sente ao meu lado.'"

Devolvi a nota para o detetive, e ele disse: "Ela obedeceu e silenciosamente pediu para ver a bomba. Ele abriu a pasta e viu duas fileiras de quatro cilindros vermelhos, que ela presumiu ser dinamite. Presos aos cilindros estavam um fio e uma grande bateria cilíndrica, que parecia se assemelhar a uma bomba. Cooper fechou a pasta e disse a ela suas exigências. Ela escreveu um bilhete com as exigências de Cooper, trouxe-o para o cockpit e informou a tripulação da situação. O capitão Scott a orientou a permanecer no cockpit pelo restante do voo e tomar notas dos eventos à medida que eles se desenrolavam. Ele então entrou em contato com as operações de voo da Northwest em Minnesota e retransmitiu as demandas do sequestrador: '[Cooper] pede US$ 200.000, frutas de estação para comer e 40 toalhas brancas em uma mochila às 17h00. Ele quer dois paraquedas dianteiros, dois paraquedas traseiros. Ele quer o dinheiro em moeda americana negociável.'"

"Talvez ele tenha pedido dois conjuntos de paraquedas para insinuar que planejava levar um refém com ele, desencorajando assim as autoridades de fornecer equipamentos não funcionais," disse eu.

Mais uma vez, Peter e John se olharam espantados.

"Nunca pensamos nisso. Escreve essa porra aí, John," disse Peter. Ele prosseguiu: "O fato é que essa investigação se liga, de forma que ainda não sabemos, com seu caso dos encantadores de jebas, mas não sabemos como."

"São origamistas de pênis," disse eu, só para levar uma nova coronhada.

"Wadd, é fundamental que nós saibamos se você não tem nenhuma destas informações," disse John, apreensivo.

"Juro que não," me defendi.

"Jura de dedinho?" me perguntou John, oferecendo o dedo mindinho em curva. Eu ofereci meu mindinho, e os entrelaçamos. "Juro," disse eu.

"Então pode sair, vagabundo. Mas saiba que o FBI está sempre um passo à frente de idiotas como você. Você não vai querer enfrentar a fúria de John Edgar Hoover!"

"Nunca."

Eles abriram a porta, e eu saí, me perguntando intrigado se aquelas informações confidenciais poderiam ter alguma coisa a ver com meu caso.

10

Noche de Ronda

Me considero um dos melhores investigadores particulares de Los Angeles. Não em termos de solução de casos, quesito no qual meus resultados são vergonhosamente baixos. Mas em termos de simpatia. Todos os meus clientes são recebidos em meu escritório com um sorriso e com pelo menos três opções de chá. Toco para eles meus álbuns natalinos de Liberace.

Enfim, sou um modelo de boa educação e de simpatia.

Mas – revelo – tenho minhas fraquezas.

Uma delas é fazer campana.

Faltei nesta aula no curso de detetives e me limitei a anotar as observações de um colega.

Tinha alguma coisa a ver com as funções corporais e o uso de copos.

Sempre levo um copo, um donut e um par de binóculos para as longas noites de espera na observação de uma pessoa de interesse na investigação.

O problema não é tanto ficar de olho em alguém – são as funções físicas mesmo.

Se uso o copo, acabo jogando fora a água, urinando no recipiente, só para depois – inadvertidamente – beber minha própria urina.

Já urinei no copo sem derramar uma gota sequer e depois atirei displicentemente o conteúdo em cima da marcha do carro.

O número dois é sempre um problema.

Geralmente vou me aliviar em algum canto no mato, mas depois lembro que uma das chaves de uma boa campana é não deixar nenhuma evidência de minha presença. Então pego o que produzi no arbusto e – cuidadosamente – levo de volta para o carro e escondo no meu porta-luvas.

Então, não foi sem uma certa tensão que me postei diante do apartamento da comissária de bordo da Northwest Orient Airlines, Pamela Suzette Grier, usando as informações do FBI que jamais deveriam ter chegado às minhas mãos – e que jurei que esqueceria logo depois de meu encontro com os federais.

Eu precisava de uma bebida, precisava muito de um seguro de vida, precisava de férias, precisava de uma casa no campo.

O que eu tinha era um copo, um par de binóculos e um donut.

Pelas fotos, Pamela era uma mulata. Uma mulata de fazer um bispo chutar um buraco em um vitral do Vaticano e dançar uma polca sobre os cacos ancestrais. Ela estava usando roupas de rua que pareciam preto e branco, e um chapéu para combinar, e ela era um pouco altiva, mas não muito. O que quer que você precisasse, onde quer que você estivesse, ela tinha.

A janela de seu quarto estava escura.

Ou ela estava dormindo, ou estava fora de casa.

Meu cliente estava morto, logo agora eu trabalhava para mim mesmo – ao menos para afastar as suspeitas da polícia de meu envolvimento no massacre do Teatro Chinês, que tinha deixado quase 100 mortos – incluindo Orson Welles, os 78 membros do Coro do Tabernáculo Mórmon e o origamista de pênis Wallace Perkins.

Quando você estava morto, você estava dormindo o grande sono, você não fica incomodado com coisas assim, óleo e água eram o mesmo que vento e ar para você. Você apenas dormiu o grande sono, não se importando com a maldade de como você morreu ou onde caiu. Eu, eu fazia parte da maldade agora.

Eu havia encontrado seus corpos.

Mas nem por isso eu queria ser preso.

Pragmatismo é meu nome do meio. Na verdade, não é, mas foda-se, ninguém coloca o nome "pragmatismo" em um filho, mas você entendeu o conceito da coisa.

Tinha acabado de jogar fora de urinar no copo e – orgulhosamente – não havia derramado uma só gota fora.

Enquanto eu celebrava com uma breve, mas entusiasmada dança, veio o barulho que me fez derramar tudo em minha roupa e no assoalho do carro.

Era ela batendo no vidro do carro.

O rosto que ela fez para mim provavelmente deveria ter sido planejado para ser um sorriso. O que quer que fosse, me abalou. Eu tinha medo de que ela fizesse de novo, então me entreguei.

Abri o vidro, e Pamela disse: "Ao invés de ficar aí fora me espiando como um pervertido, por que você não sobe para conversarmos?"

Olhamos um para o outro com os olhos claros e inocentes de um par de vendedores de carros usados.

Desci do carro e aceitei o convite.

ARMADO
E FELIZ
EM TE VER!

11

Matadouro (figurativamente)

Ela tinha licores em qualquer cor que você pudesse pedir, exceto a que eu mais gostava, o marrom whisky padrão. Eu disse a ela que não, obrigado. Ela derramou três dedos de verde-esmeralda e adicionou porções iguais de amarelo--limão, azul-céu e laranja pôr do sol. Eu meio que esperava que ela mexesse com um lápis de crayon.

Pam olhou para mim com muita firmeza. Então, suspirou. Então, pegou o copo, provou, suspirou novamente e balançou a cabeça de lado com um meio sorriso, do jeito que alguém faz quando você lhe dá uma bebida e ele precisa muito dela e é perfeita, e o primeiro gole é como uma espiada em um mundo mais limpo, mais ensolarado e mais brilhante.

Sentei-me na borda de uma cadeira macia e olhei para Pam. Ela valia um olhar. Ela era problemática. Estava estendida em uma chaise-longue modernista, com seus chinelos pendurados nas pontas dos pés, então eu olhei para suas pernas nas meias de seda mais puras. Elas pareciam ter sido criadas para serem olhadas. Eram visíveis até o joelho, e uma delas, bem além. Os joelhos eram ondulados, não ossudos e afiados. As panturrilhas eram lindas, os tornozelos longos e finos, e com linha melódica suficiente para uma rapsódia.

O rádio tocava uma música de meu velho nêmesis, Ray Conniff, acompanhando a Sinfônica de Boston no ballet *Romeu e Julieta*, de Sergei Prokofiev.

Me pareceu um mau presságio.

“Então, você encontrou meu broche de trabalho?”, perguntou ela.

Tirei o broche e atirei na direção dela. Ela o pegou no ar e olhou para a pequena bijuteria.

“Onde você o encontrou?”, disse ela.

“Acho que você sabe. Em um oceano de sangue que podia competir com o Mar Vermelho.”

“Não sei nada sobre isso. Mas tinha muita curiosidade em te conhecer pessoalmente. Você é famoso por aqui. Antes de trabalhar na Northwest Orient Airlines, fui aeromoça das Linhas Aéreas Dominicanas, do ditador Rafael Trujillo. Trujillo era um homem fascinante. Seus inimigos o viam apenas como um psicopata sedento de sangue, mas aqueles poucos privilegiados que privavam de sua intimidade sabiam que, bem no fundo, ele era um grande filho da puta.

Um passageiro frequente era o diplomata e playboy Porfirio Rubirosa. Com o tempo, começamos a namorar. Logo na primeira noite, descobri por que até hoje os moedores de pimenta extralongos usados nos bistrôs franceses são chamados de *Rubirosas*. Taí um namorado difícil de substituir. *Ruby* tinha um pau que entrou para a história da sociedade. Na hora do chá, em código recomendado pelo pudor, as mulheres costumavam referir-se aos ‹últimos 30 cm de um bastão de beisebol›. Até mesmo Truman Capote, no livro inacabado *Answered Prayers*, descreveu-o como possuindo algo como onze polegadas de comprimento.

Ruby era um homem curioso. O que faltava em caráter e vergonha na cara, sobrava de pau. Transou com Ava Gardner, Zsa Zsa Gabor, Marilyn Monroe, Dolores del Rio, Eartha Kitt, Rita Hayworth, Eva Perón, a bilionária Barbara Hutton, com a filha do bilionário grego Aristóteles Onassis, Christina, e, uma noite, por engano, comeu até o Trujillo, o que não consta na biografia oficial de nenhum dos dois, mas que é sabido por toda a sociedade dominicana. Vamos ver se você joga no mesmo time. Não com tanta classe, vale dizer, mas pelo menos anatomicamente."

"Eu não me importo se você não gosta das minhas maneiras. Elas são muito ruins. Eu lamento e choro por elas durante as longas noites de inverno."

"Ruby era outra categoria, não um tira de última classe como você. Ele era educado, gentil com as mulheres. Gostava de dizer: 'Eu tenho o isqueiro mais rápido do Oeste' – e bastava uma dama colocar entre os dedos um cigarro, lá estavam suas mãos a acendê-lo. Era impecável na forma de se vestir. Sempre foi descrito como um perfeito cavalheiro.

Em 1932, casou-se com Flor de Oro Trujillo, filha do presidente dominicano Rafael Leónidas Trujillo, nascendo daí a sua ligação com o sanguinário ditador. Embora jamais tivesse estudado coisa alguma, foi nomeado embaixador em Berlim pelo sogro. O casamento com Flor de Oro terminou após seis anos e, no início da década de 40, com a guerra instalada na Europa, Rubirosa se apaixonou pela bela atriz Danielle Darrieux – ela tinha apenas 23 anos e já era considerada uma estrela francesa. Foi sua segunda esposa, e eles ficaram juntos por quatro anos, até que Ruby manteve um rápido affair com a atriz Ava Gardner.

Entre encontros e desencontros, conheceu Doris Duke, uma herdeira americana. O playboy novamente se casou. Doris o presenteou com um estábulo e cavalos de polo, diversos carros esportes, um bombardeiro B-25 convertido em avião civil e uma casa do século XVII em Paris. Ao se separarem, deu a ele US$ 500 mil. Ruby foi nomeado então embaixador na Argentina em 1948, e adivinhe com quem ele vai se envolver? Evita Perón, mulher do presidente Juan Domingo Perón.

O mundo é pequeno, não é? Ruby pegou a Christina Onassis, e o pai dela transou com a Evita. Em 1947, Aristóteles Onassis conheceu Evita da Argentina. Ela o convidou para sua casa de férias na Riviera Italiana, onde imediatamente fez amor com ele. No dia seguinte, fez um omelete para ele, e ele a presenteou com um cheque de US$ 10 mil para sua instituição de caridade favorita. Onassis disse mais tarde que foi o omelete mais caro que já comeu.

Mas, voltando a Ruby: quando voltou a Paris, conheceu sua quarta esposa, Barbara Hutton, na época a segunda mulher mais rica do mundo, herdeira da cadeia de lojas de departamentos americana Woolworth. O casamento durou 53 dias e, no acordo de divórcio, ele ganhou uma plantação de café na República Dominicana, outro avião B-25 e US$ 3,5 milhões.

'O que é que esse homem tem?', indagava, em seu refrão, uma canção cubana em meados dos anos 50. A ex-mulher Doris descreveu em detalhes o órgão sexual do amante à revista americana *Vanity Fair*: 'Era parecido com os 30 centímetros finais de um taco de beisebol Louisville Slugger. Agora vamos conhecer o seu bastão e ver o que dá para jogar com ele...'"

As mulheres são assim. Elas não querem você até que você tenha feito um nome, e, no momento em que você fez um nome, em que desenvolveu algum tipo de reputação que elas sentem que não está ao alcance delas, tudo o que elas farão é estragá-lo, se você deixar.

"Calma aí, mocinha. Não sou um pedaço de carne, um objeto para ser consumido por pervertidas como você. Tenho princípios."

Estava disposto a manter a relação no mais alto nível de profissionalismo. Mas ela iniciou uma lenta, sutil e envolvente dança da sedução que me conquistou.

Em outras palavras, ela tirou a calcinha e atirou em cima de mim.

Daí o profissionalismo foi pra casa do caralho – digo, literalmente.

Fomos para a cama.

"Bueno, bienvenido de vuelta, Ruby", disse ela ao me ver pronto para a ação.

Depois do quinto passeio de carrossel, confesso que estava um pouco cansado.

Período refratário, saca? A fase do ciclo de resposta sexual que ocorre imediatamente após o orgasmo.

Durante este tempo, o corpo masculino passa por uma série de mudanças fisiológicas que resultam na impossibilidade de resposta a estímulos sexuais e na incapacidade de alcançar uma ereção ou ter outro orgasmo. Esta fase pode durar de minutos a horas, ou até mesmo mais em alguns casos, dependendo de diversos fatores individuais.

O termo "período refratário" não se aplica apenas ao sexo. É usado em neurociência para descrever o período que segue a resposta de um nervo ou músculo antes que ele possa responder novamente. Nesse aspecto, o tempo não responsivo após o orgasmo pode ser descrito como o período fisiológico refratário.

Embora isso possa sugerir que o período refratário é principalmente fisiológico, é importante lembrar que os hormônios influenciam suas emoções durante a resposta sexual. Mesmo além dos hormônios, como você se sente e se comporta pode ditar se excitação e orgasmos são possíveis. Como tal, sua capacidade de ter outro orgasmo é ditada não apenas por se você "pode" fisicamente, mas também por se você "pode" emocionalmente. Isso pode ser chamado de período refratário psicológico.

No mais, além das questões físicas e emocionais que afetam a intensidade do período refratário, eu estava com a caralha toda escalavrada e precisava de um respiro.

Foi neste momento, quando você torce para a mulher virar uma fatia de pizza, que ele entrou no quarto. Me acertou uma porrada nos cornos.

Tive um momento atordoado de choque quando as luzes dançaram e o mundo visível saiu de foco, mas ainda estava lá. Ele me bateu de novo.

Não havia nenhuma sensação na minha cabeça. O brilho ficou mais brilhante. Não havia nada além de uma dura luz branca dolorida.

Depois, havia a escuridão em que algo vermelho se contorcia como um germe sob um microscópio.

Então, não havia nada brilhante ou contorcido, apenas escuridão e vazio e um vento impetuoso e uma queda como de grandes árvores.

Um poço de escuridão se abriu aos meus pés, e foi muito, muito mais profundo do que a noite mais negra.

Mergulhei nele.

Não tinha fundo.

8

Matadouro (literalmente)

A BULLETIN FROM THE F.B.I

FOLLOWING IS AN ARTIST CONCEPTION OF THE HIJACKER WHO EXTORTED $200,000 FROM NORTHWEST AIRLINES ON NOVEMBER 24, 1971.

THIS MAN IS DESCRIBED AS FOLLOWS:

RACE	WHITE
SEX	MALE
AGE	MID 40'S
HEIGHT	5' 10'' TO 6'
WEIGHT	170 TO 180 POUNDS
BUILD	AVERAGE TO WELL BUILT
COMPLEXION	OLIVE, LATIN APPERANCE, MEDIUM SMOOTH
HAIR	DARK BROWN OR BLACK, NORMAL STYLE, PARTED ON LEFT, COMBED BACK; SIDEBURNS, LOW EAR LEVEL
EYES	POSSIBLY BROWN. DURING LATTER PART OF FLIGHT PUT ON DARK, WRAP-AROUND SUNGLASSES WITH DRAK RIMS
VOICE	LOW, SPOKE INTELLIGENTLY; NO PARTICULAR ACCENT, POSSIBLY FROM MIDWEST SECTION OF U.S.
CHARACTERISTICS	HEAVY SMOKER OF RALEIGH FILTER TIP CIGARETTES
WEARING APPAREL	BLACK SUIT; WHITE SHIRT; NARROW BLACK TIE; BLACK DRESS SUIT; BLACK RAIN-TYPE OVERCOAT OR DARK TOP COAT; DARK BRIEFCASE OR ATTACHE CASE; CARRIED PAPER BAG 4" X 12" X 14"; BROWN SHOES.

IF YOU HAVE ANY INFORMATION WHICH MIGHT LEAD TO THE IDENTITY OF THIS INDIVIDUAL, PLEASE CONTACT THE NEAREST FBI OFFICE WHICH WOULD BE FOUND IN THE FRONT OF YOUR TELEPHONE DIRECTORY.

PONCHE DE RUM

Acordei amarrado a uma cadeira, completamente nu. Diante de mim, Pamela e – para minha surpresa – Harold B. Melvin, o origamista de pênis desaparecido.

"Bem-vindo de volta, Wadd. Pena que seja por pouco tempo", disse Melvin.

"Que diabos está acontecendo?", perguntei. Se tem uma coisa que aprendi vendo os filmes de 007 (não o *Cassino Royale* original, de 1967, que, aliás, desrecomendo) é que, se você perguntar ao vilão qual é seu plano, ele adia sua execução e fica horas se gabando de sua ideia genial, dando tempo de você reagir e matar o cretino.

"Sim, Wadd, eu sou Melvin, o mago dos origamistas de pênis – mas também D. B. Cooper, o sequestrador. Esse era eu. Agora meu nome é D. B. Cooper. Sim, Wadd, eu sou o sequestrador do voo 305, um Boeing 727 operado pela Northwest Orient Airlines, no espaço aéreo dos Estados Unidos, em 24 de novembro de 1971. Durante o voo de Portland, Oregon, para Seattle, Washington, eu disse para a comissária de bordo que estava armado com uma bomba e pedi 200 mil dólares, frutas da estação e 40 toalhas brancas como resgate. O que ninguém percebeu é que a comissária era minha namorada, Pamela Suzette Grier. Depois de liberar os passageiros em Seattle, pedi que o avião fosse reabastecido em Reno, Nevada. Mas era só para distrair o FBI!!! Aproximadamente trinta minutos depois de decolar de Seattle, eu abri a porta da popa da aeronave, baixei a escada e saltei de paraquedas sobre o sudoeste de Washington."

"É por isso que John Hoover está atrás de você?", perguntei.

"Por trás daquele vestido de frequentadora de igreja se esconde um homem astuto, Wadd. E a sorte ajudou. Hoover é fascinado por pirocas. Ele assistiu a todos os nossos shows, junto com seu namorado, Clyde Anderson Tolson, que era o vice-diretor do FBI. Ambos colocavam vestidos combinando e sentavam invariavelmente na primeira fila. E depois iam ao camarim pedir nosso autógrafo no nosso LP com o trio Los Panchos. Foi quando ele gravou meu rosto. Quando começaram a sair os primeiros retratos falados, ele me ligou ao sequestro e iniciou uma perseguição. Foi assim que ele fez a conexão entre mim e Pamela. Mas ele não podia dizer de onde me conhecia. O hábito de usar vestidos podia ser entendido como um disfarce para casos especiais, mas assistir a shows de contorcionistas de pirocas era meio evidente demais."

"Todo mundo acha que você morreu naquele salto", argumentei.

"É o que eu queria que pensassem, Wadd. Pouca gente salta de paraquedas de um Boeing 727 sem morrer. O fator determinante para a altitude do paraquedismo é o tipo e o tamanho da aeronave que está sendo usada para operações de salto. Quanto maior a altitude do paraquedismo, mais tempo você passa em queda livre. A partir de uma altitude de paraquedismo de 10.000 pés, você experimentará de 35 a 40 segundos de tempo de queda livre. Da altura de paraquedismo de 14.000 pés, você pode esperar um minuto inteiro de queda livre. Para paraquedistas licenciados, a altura mínima para paraquedismo é de cerca de 3.500 pés. Para paraquedistas tandem, a altura mínima para paraquedismo é um pouco maior. Devido ao tipo de paraquedas usado e ao peso adicional, para manter um buffer adequado de altitude em caso de emergência, a altura mínima para paraquedismo é de cerca de 8.000 pés.

"Tecnicamente, não há altura máxima exata para paraquedismo, mas, em geral, os paraquedismos de alta altitude são concluídos entre 17.000 e 18.000 pés. Nesta altitude, o ar é menos densamente saturado de oxigênio e, portanto, deve-se notar que qualquer paraquedismo concluído acima de 15.000 pés requer oxigênio suplementar. Eu instruí o piloto a voar abaixo de 10.000 pés, a uma velocidade mais lenta do que 200 nós. Uma altura possível, mas não recomendada. Daí eles ficariam sempre em dúvida se eu havia saltado e sobrevivido. Um paradoxo do tipo do gato de Schrödinger. Eu podia estar vivo ou não. Podia ter ou não sobrevivido ao salto.

"O FBI lançou então o que se tornaria uma das investigações mais longas e exaustivas de sua história, conhecida como NORJAK (Sequestro do Noroeste). Inicialmente, a agência acreditava que eu conhecesse os aviões e a área, e especulava-se que eu tivesse servido no exército, possivelmente como paraquedista. Mais tarde, no entanto, foi decidido que eu não era um paraquedista experiente porque o salto era muito perigoso e porque eu não teria percebido que meu paraquedas reserva foi costurado para uso em treinamento.

"Eu escolhi o momento certo para o sequestro. O meu ocorreu na era de ouro dos sequestros. Sequestradores comandaram mais de 130 aviões entre 1968 e 1972, muitas vezes a um ritmo de um ou mais por semana. Geralmente, era mais um inconveniente do que uma tragédia, com o sequestrador normalmente exigindo um resgate e que o avião fosse desviado para Cuba, onde poderia escapar da captura. O problema agravou-se tanto que, em 1969, a Administração Federal de Aviação dos EUA chegou a considerar a construção de um aeroporto falso de Havana, onde aviões sequestrados poderiam pousar.

"Meu voo de Portland para Seattle era curto, duraria apenas 30 minutos, então as autoridades fizeram o piloto circular pelo aeroporto por várias horas enquanto reuniam o dinheiro, as frutas da estação, as 40 toalhas brancas e os paraquedas para mim. Os outros passageiros, totalmente inconscientes de que suas vidas estavam em perigo, foram informados de que um problema mecânico significava que teriam que despejar algum combustível no mar antes de pousar.

"Depois de quatro horas de círculos sem rumo sobre Seattle, o avião pousou. Quando trouxeram a grana, as frutas, as toalhas e os paraquedas, eu libertei os passageiros, que ainda não sabiam que eram reféns. Então eu revelei mais um plano para confundir todo mundo. Quando o avião, agora vazio, decolou, Pamela ainda estava sentada ao lado do sequestrador.

"O Boeing 727 é um dos únicos aviões com escada traseira, e uma falha de projeto significava que ela poderia ser aberta enquanto a aeronave estava no ar. Eu pesquisei muito antes de bolar este plano. Pouca gente sabia desse detalhe. A Pam ouviu por acaso quando servia café para os pilotos na cabine. Eu já entrei neste projeto sabendo exatamente qual modelo de avião servia para meu plano.

"Assim que voltamos a voar, eu instruí o piloto: ele deveria pilotar o Boeing 727 baixo, com o trem de pouso abaixado, as asas batendo em 15 graus e a escada traseira abaixada. O Boeing

727, que Cooper teve o cuidado de escolher como alvo, era o único avião no mercado com uma 'escada aérea' sob a cauda.

"Momentos depois de partirem, eu pedi à Pam que me mostrasse como abrir a escada. Mas, na verdade, eu acessei a porta escondida que dá acesso à barriga do avião, com as bagagens todas. Eu fingi saltar e, com a ajuda da Pamela, me escondi no depósito de bagagens, no *belly*, na barriga, na área localizada na parte inferior do avião onde sua bagagem está armazenada. Tem diversos acessos ao *belly* e a Pamela conhecia.

"A polícia estava tão focada em me encontrar na rota de salto que ninguém me procurou DENTRO do avião. Esperei a coisa acalmar e desembarquei a partir da área de carga. Daí me misturei aos passageiros e saí com 200 mil dólares, frutas de estação para comer e 40 toalhas brancas pela porta da frente do aeroporto.

"Quando Pam abriu a porta do avião, eu já estava no bagageiro. Ela então seguiu até a cabine e se juntou aos pilotos. Pam e os pilotos observaram enquanto uma luz piscava no painel de controle, indicando que a escada aérea havia sido totalmente estendida. Os pilotos não sabiam se estavam livres do sequestrador até pousarem no aeroporto próximo de Reno, e então enxames de agentes do FBI embarcaram no avião.

"Só Pam sabia da verdade. A polícia vasculhou o sudoeste de Washington durante dias, em busca do que muitos presumiram ser um corpo. Na cabeça deles, eu havia saltado de paraquedas em um deserto acidentado no meio da noite, vestindo apenas terno e mocassins.

"Apesar de ter sido realizada uma das buscas mais extensas da história dos EUA – até mesmo descobrindo os corpos de duas pessoas que as autoridades nem faziam ideia de que estavam desaparecidas – não houve vestígios do sequestrador na floresta. Simulações, buscas extensas no terreno, dicas do público – nada disso funcionou. Daí o FBI entregou os pontos.

"Hoover sabia que havia uma conexão entre o caso e os origamistas de pênis, mas estava envergonhado de assumir como ele havia descoberto. Assim, para os federais, a lenda de Cooper terminou na noite em que começou. Os especialistas todos concordavam, já que eu teria saltado do avião em uma forte tempestade e em um dos terrenos mais difíceis da América, em uma temperatura terrivelmente baixa. Eles preferiram evitar o vexame e me dar como morto.

"Os caçadores de tesouros fretaram um submarino para vasculhar as profundezas do Lago Merwin. Nada foi encontrado, claro. Mas veja a situação de Hoover e seu namorado: como ele podia explicar aos agentes que me conhecia de um show de origami de pênis? Então ele decretou a NORJAK como operação de sigilo máximo para que apenas ele tivesse as pistas.

"Quando você foi contratado para me encontrar, ele queria te tirar da parada. E nós, eu e Pamela, também não queríamos ninguém se metendo, então fomos ao Teatro Chinês para te matar e todas as testemunhas. Só quando metralhamos todo mundo é que notamos que você não estava entre as vítimas. E Pamela teve o azar de perder o broche da companhia."

"E pra que caralhos alguém pede 40 toalhas como parte do resgate?"

"Wadd", disse o sequestrador, "eu sou, antes de tudo, um artista. Apenas um sequestrador eventual. O artista em mim pediu as 40 toalhas. Quarenta toalhas em um camarim são a prova de que você chegou lá. É o reconhecimento máximo de que você e sua arte são um só. Se resolvi pedir o dinheiro, é porque a arte do origami de pênis é cruel. Com o tempo, vamos perdendo a agilidade, a mobilidade, o colágeno. Os pelos pubianos começam a embranquecer. É uma arte nobre, mas nossa carreira dura pouco. Eu sabia que minha carreira estava no final. E eu tinha que garantir dinheiro para meus anos finais ao lado de Pam."

Essa história chata era tudo o que eu precisava.

Me joguei para trás, quebrando a cadeira, e me ergui nu diante deles.

Antes que eles pudessem atirar, fiz meu famoso pirocóptero, o que os atirou no chão e tirou suas armas de suas mãos, além de desmanchar seus penteados.

Os ensaios haviam me ensinado exatamente a velocidade do pirocóptero necessária para provocar um mini-tufão e derrubar tudo no caminho.

Enquanto eles estavam atordoados no chão, peguei suas armas e os nocauteei com coronhadas.

13

Plot Twist

Eles voltaram a si quase que simultaneamente. Só que agora *eles* é que estavam amarrados.

"Onde estão os 200 mil dólares, as frutas de estação e as 40 toalhas brancas?", perguntei, apontando as armas para eles.

"Em uma mala debaixo da nossa cama. Quer dizer, as toalhas estão no banheiro", respondeu Pamela.

Melvin olhou para ela, pouco feliz.

Recolho todo o produto do sequestro.

"Agora nos solte, Wadd. Você não é do tipo que gosta de sujar as mãos com sangue", disse Melvin.

Pamela, por sua vez, tenta uma última sedução:

"Sabe, Wadd, se você me tirar daqui, eu posso te fazer infinitamente feliz."

"Você é bonita, Pamela. Muito bonita. E é difícil para as mulheres, especialmente as muito bonitas como você, perceberem que não são irresistíveis", disse eu. "No mais, sexo é o que menos me interessa agora. Neste momento, sexo tem gosto de sangue, resina e esfoliação de sutura para mim."

"Vocês, homens, são todos iguais", disse ela, contrariada.

"Assim como todas as mulheres — depois das nove primeiras." Respondi bogartianamente.

Ela se afastou de mim como um cervo assustado faria, se eu tivesse um cervo assustado e ele se afastasse de mim.

"Você já tem o dinheiro. Qual a vantagem de nos matar?", disse Melvin.

"Não tenho nenhuma razão terrena para pensar que posso confiar em vocês e, se eu fizer isso e vocês saírem impunes, terão algo contra mim que poderão usar sempre que quiserem. Como tenho algo contra vocês, não posso ter certeza de que algum dia não vão abrir um buraco na minha cabeça. Talvez eu tenha algumas noites horríveis depois de acabar com vocês, mas isso vai passar. No mais, um morto é o melhor bode expiatório do mundo. Ele nunca reclama ou se defende."

"Eu conheço um assassino, Wadd. Você não tem isso em você. Sujar as mãos de sangue não é com você", disse Melvin.

"Sim, de fato. Matar todo o coral mórmon é mais o estilo de vocês. Eu poderia passar a eternidade dizendo, como Lady Macbeth: 'Sai, mancha maldita!... Sai, estou dizendo!... Uma! Duas! Está bem, já é tempo de fazer!... O inferno é sombrio!... Que vergonha, meu senhor, que vergonha! Há aqui sempre um cheiro de sangue!... Todos os perfumes da Arábia não purificariam esta pequena mão!... O que está feito não pode ser desfeito.' Talvez eu tenha algo de Lady Macbeth em minhas veias que me impeça de ser um assassino frio como vocês.

Sabem, não vejo nada de engraçado em ver alguém ser morto, mas às vezes é engraçado que ele seja morto por tão pouco, e que sua morte seja a moeda do que chamamos de civilização. Mas, enfim, divago. Enquanto isso, lembrem que não sou o único inimigo que vocês fizeram em sua vida."

Assobio e eles entram na sala.

Vejo o terror nos olhos de Melvin.

Entram Alfredo Gil, Chucho Navarro e Hernando Avilés. Eles usam seus trajes típicos. Valeu a pena manter o telefone de Eydie Gormé ao alcance.

"Sim, Melvin, vocês deveriam ter renegociado os direitos autorais daquele maldito álbum. Um trio de músicos mexicanos essencialmente faz o tipo de música que uma banda mexicana sempre faz. O que quer que toquem, tudo soa igual. Eles sempre cantam a mesma música e sempre têm vogais muito abertas, e têm um tom doce, açucarado.

O cara que canta sempre dedilha em um violão e tem muito a dizer sobre amor, *mi corazón* e sobre uma senhora que é 'linda', mas muito difícil de convencer. E ele sempre tem cabelos muito longos e oleosos e, quando não está fazendo essas coisas de amor, se parece com alguém que, se colocasse sua faca para funcionar em um beco, seria eficiente, econômico e letal.

Há pessoas que sobrevivem a um concerto de cinco horas do *Trio Los Panchos*. Pode ser que vocês dois sejam desse tipo. Mas não vou ficar aqui para descobrir. Eu tenho 200 mil dólares para gastar, frutas de estação para comer e 40 toalhas brancas para me enxugar.

A tragédia da vida, vocês sabem, não é que os belos morram jovens, mas que eles envelheçam e se tornem maus e amargos. Talvez isso aconteça comigo. Talvez ocorra com vocês. Mas eu não vou ficar para ver.

Quanto a mim, podem me chamar de pôr do sol. Estou sempre caminhando para o oeste."

O *Trio Los Panchos* começa a cantar um bolero:

"Reloj, no marques la hora
Porque voy a enloquecer
Ella se irá para siempre

Cuando amanezca, otra vez
Nomás nos queda esta noche
Para vivir nuestro amor
Y tu tic-tac me recuerda
Mi irremediable dolor"

"Y el canela de tu piel se quede igual
Si perdiera el arcoíris su belleza
Y las flores su perfume y su color
No sería tan inmensa mi tristeza
Como aquélla de quedarme sin tu amor."

Quando estava no meio da estrada, os gritos começaram.

VOAR
VOAR,
SUBIR
SUBIR

FIM

pólen bold 90 gr/m2
tipologia calisto mt
impresso no outono de 2025